大井川殺人事件

旅行作家・茶屋次郎の事件簿

梓 林太郎

祥伝社文庫

目次

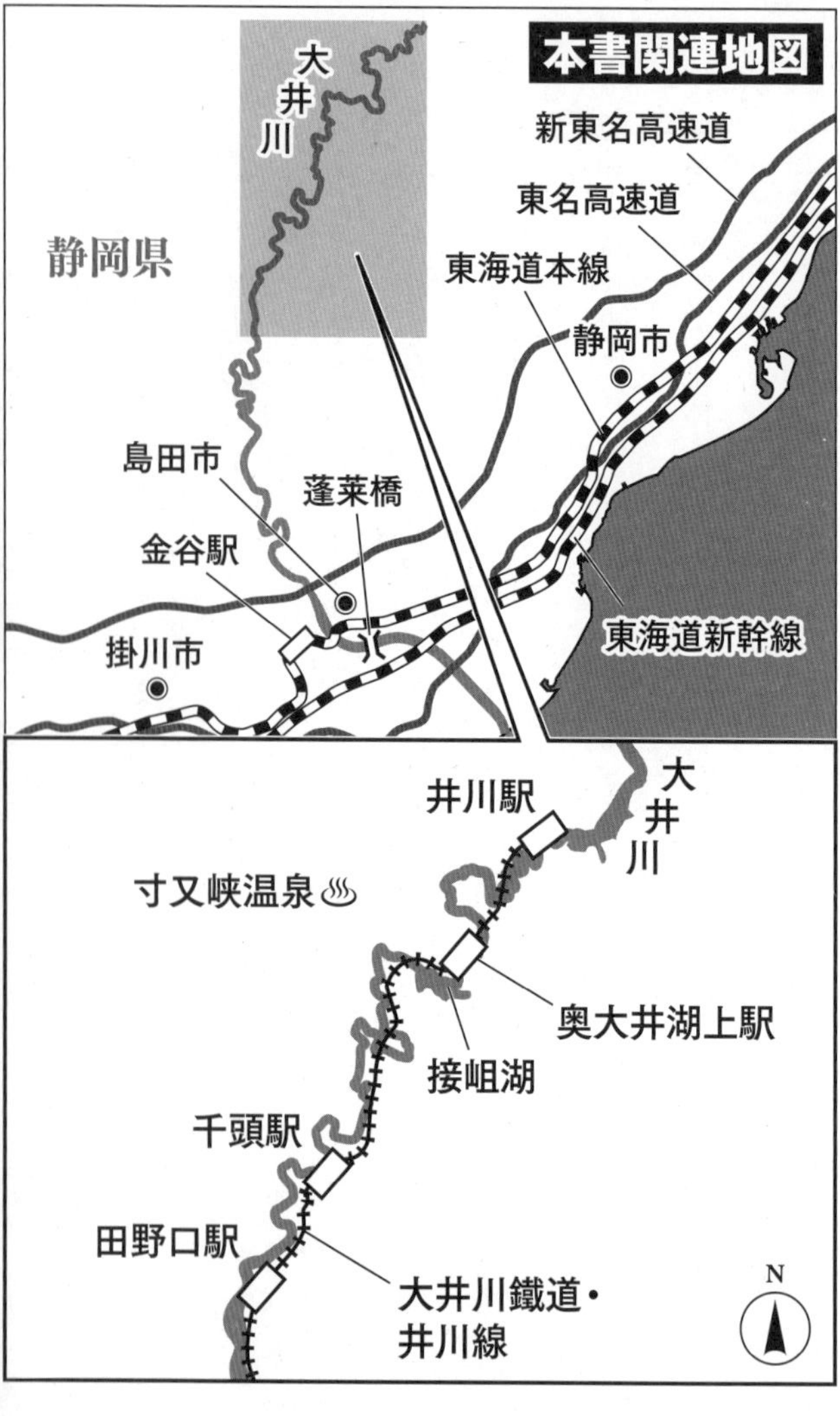
本書関連地図
大井川
新東名高速道
東名高速道
静岡県
東海道本線
静岡市
島田市
蓬莱橋
金谷駅
掛川市
東海道新幹線
井川駅
大井川
寸又峡温泉
奥大井湖上駅
接岨湖
千頭駅
田野口駅
大井川鐵道・
井川線
N

一章　山行

1

旅行作家の茶屋次郎《ちゃやじろう》が住んでいる目黒《めぐろ》・祐天寺《ゆうてんじ》には、とんかつ専門の「とん力《りき》」という店がある。茶屋の住むマンションからは歩いて五、六分。彼は月のうち二、三度は、その店でヒレかつを山盛りのキャベツと一緒に食べている。熱燗《あつかん》を一本もらう日もある。顔なじみになった客もいて、ビールを注《つ》ぎ合う仲の人もいる。

店のおやじの石浜力造《いしはまりきぞう》は少しばかり口うるさい。酒を飲んで長居する客が嫌いで、それを知らない一見《いちげん》の客が酒の追加を注文すると、

「酒はもうないよ」

と調理場から大声を張り上げる。

力造はちょうど五十歳で、妻の海子《うみこ》が客をさばいていて、二十一、二歳の吉河《よしかわ》みどりという親戚の娘が手伝いをしていた。

力造と海子のあいだには、二十三歳の波路《なみじ》という娘と二十一歳の昭典《あきのり》という息子がいる。

波路は渋谷《しぶや》の婦人服をつくっている会社に勤めており、昭典は大学生だ。

波路は高校一年生のときまで、とん力を手伝っていたが、同級生から着ている物が油臭いといわれ、ショックを受けた。店の二階が住まいなのだから油の匂いが着衣にしみ込んでいるのは当然なのだ。油臭いと同級生にいわれた日、彼女は学校から帰ると、自分の着る物と学用品をリュックに詰めて、家を出た。足立《あだち》区の海子の実家へ避難したのだ。

『もう家には帰らないし、とんかつなんか絶対に食べない。とんかつ屋の前を通るのもいや』

といって、着ていた物と持っていた衣類を洗濯機に放り込んだらしい。

力造と海子は、高校を卒業した波路に店で働いてもらいたかったが、彼女は早々に就職先を決めてしまった。そして祐天寺にもどったが、やはりとん力の二階には住まず、店から歩いて五分のところのアパートを借りた。

茶屋は波路を何度か見かけたが、親に似ず器量《きりよう》よしだ。上背《うわぜい》も平均以上だった。

九月一日は防災の日だ。茶屋次郎は食パン二枚と茹《ゆ》でタマゴの朝食をすませると、事務所へ出るために、ジャケットを肩に掛け、靴《くつ》を履いたところへ、石浜海子から電話があった。とんかつ屋の女将《おかみ》からの電話は初めてだった。たしか半年ほど前に、『先生にききたいことがあるかもしれないので』といわれて電話番号を教えておいた。

「茶屋先生、朝からすみません。ちょっと心配なことがあるものですから」

と、いくぶん密《ひそ》やかな声を出した。

「心配なこと……」

茶屋は片方の靴を踏んだ。

「先生は、いまどちらに……」

「事務所へ向かおうとしたところです」

「じゃ、おうちにいらっしゃるんですね。よかった」

彼女は、茶屋の都合もきかず、彼のマンションを訪ねるといって、電話を切ってしまった。

彼女は電話を切って五分も経《た》たないうちにインターホンを鳴らした。走ってきたにちがいない。彼がドアを開けると、

「ああ涼しい」

といって、首にかけていたタオルで額《ひたい》を拭《ぬぐ》った。

海子は室内を見まわした。

「家財が少ないのね」

彼女はよけいなことを口にする。

茶屋は、キッチンの椅子《いす》を彼女にすすめると、オレンジジュースをグラスに注いで、彼女の前へ置いた。

「ありがとうございます。いただきます。冷たくておいしい」

彼女は喉《のど》を鳴らしてジュースを飲み、「気が利《き》くのね」といった。

「心配なことっていいましたね」

「先生は作家になる前、山登りをしていて、山の紀行文を出版社に送っていたってなにかに書いていましたね」

海子は、茶屋をとん力で知ってから、彼の著書を買って、何冊も読んでくれているらしい。

「十年ぐらい前は、年に何度も山へ登っていましたが、山がどうしたんですか」

「波路が、三年ほど前から登山をしています。面白くなったらしくて、毎年二、三回は登っているんです」

「ほう。それは知らなかった。波路さんはいままでどこへ登っていたんですか」

「主《おも》に北アルプスです。いつも山から帰ってくると、撮った写真を見せてくれるので、今回も実家へ寄るようにって電話をしました」

海子は胸に片方の手をあて、山へ登った波路が、下山予定をすぎても帰ってこないし、電話も通じないのだといって、小さな咳《せき》をした。

茶屋が、ジュースを注ごうとすると、海子は水をくれないかといった。

「下山予定から幾日経っているんですか」

「二日です。きょうで三日目」

波路は、八月二十六日に出発して、二十九日に帰ってくることになっていたという。

「それは心配だ。山で何かの事故に遭《あ》ったことも考えられる。私に相談するより、警察に届けなくては」

「警察に相談しようと思いましたけど、どこへ登ったのか分からないので……」

「それが分からなくても所轄《しょかつ》の目黒署へ相談すべきです。波路さんは登山届を入山口に出しているかもしれない。目黒署は北アルプスを管轄《かんかつ》する警察へ連絡するでしょう。それを受けた各警察は登山届を調べる。登山届には、日程、登下山ルート、宿泊地などが記入されているはずです」

茶屋は海子に付き添って所轄の目黒署へいくことにした。

彼女はいったん自宅へもどると、波路の写真をバッグに入れた。

力造が顔をのぞかせて、

「先生。朝からすみません」

と、塩辛声でいった。

茶屋は事務所に電話した。渋谷駅に近い「茶屋次郎事務所」には、「サヨコ」と呼んでいる江原小夜子《えばらさよこ》と、「ハルマキ」と呼んでいる春川真紀《はるかわまき》がいる。

電話にはサヨコが出て、

「ハルマキは、ゆうべから歯が痛んでいるっていって、けさは歯医者へ寄ってくるそうです。先生は、頭でも痛むんですか」

「知り合いの娘さんが、山に登ったが予定の日になっても帰ってこない。それで、家族と一緒に目黒署へ捜索願いを出しにいってくる」

「娘さんは何歳ですか」

「二十二か三だ」

「先生と、その娘さんは、どういう関係なんですか」

「私がちょくちょくいっているとんかつ屋の娘だ」

「とんかつ屋でも天井屋でもいいですけど、どういう関係かってきいてるの」

急に大声になった。

「知り合いだ。何度か見かけたことがあるというだけだ」

「そういう女性の行方を、先生は心配してるのね」

電話はサヨコのほうから切った。


目黒署へは海子と一緒にいって、受付で用向きを話すと、生活安全課へ案内された。恰幅《かっぷく》のいい京塚《きょうづか》という係長が話をきいてくれることになった。

茶屋は自分の名刺を渡して、石浜海子から困りごとの相談を受けたのでといった。

京塚は、なんの肩書も刷られていない茶屋の名刺をつまんで、なにをしている人か、ときいた。

「世間では旅行作家といわれています。週刊誌などの依頼で、あちらこちらへ旅をして、そこでの出来事などを文章にしています」

「ほう。面白い仕事のようですが、やっていけるんですか」

京塚は、茶屋の仕事を心配するようなことをいった。

「はあ、なんとか。私は祐天寺に住んでいまして、毎日、名刺に刷ってある渋谷の駅近くの事務所に通っています。事務所には秘書が二人おりまして、私の仕事を補佐しています」

「そういえば、どこかできいたことがあるような、見たことがあるようなお名前です。そうだ。書店でお名前を見掛けたのかも」

京塚はメモにペンを構えると海子のほうを向いた。

「お手数おかけします。娘が山登りにいったきり、帰ってこないんです」

「登山。どこへ登ったんですか」

「それが分かりません」

「どこへ登るのかを、お母さんはきかなかったんですか」

「いつもいわなかったんです。わたしに話しても、それがどこのどんな山なのか分からないと思っていたからでしょう」

「登山は初めてではないんですね」

「三年ぐらい前から、毎年二、三回山登りに出掛けていました」

京塚は、山から帰っていない娘の名と年齢をきいた。住所は親の住む場所から歩いて五分ほどのアパートだが、住民登録は親と同じところだと海子はいった。

「独りで山登りに出掛けたんですか」

「いいえ。お付き合いしている人と一緒だと思います。その人が、山登りが好きなので、娘はその影響で山へいくようになりました。今度もその人についていったのだと思います」

「男性ですね」

「はい」

「その男性は、山登りのベテランなんですか」

「ベテランかどうかは分かりません。登山が趣味のひとつということです」

「お母さんは、その男性と会ったことがありますか」

「はい。一度だけ」

「人が登る山は、全国に数えきれないほどある。どこへ登ったのかが分からないとさがしようがない。波路さんは、いままでどこの山へ登っていましたか」

「たぶん北アルプスです」

「北アルプスといっても、範囲は広い。槍ケ岳《やりがたけ》とか穂高《ほたか》とか」

「穂高です。上高地《かみこうち》から穂高へ登ったと聞いたことがあります」

「いつもそのお付き合いしている男性と一緒でしたか」

「そうだったと思いますけど」

海子の声は少し細くなった。

京塚は、刑事らしい口調で、波路と交際している男性の氏名と年齢と住所をきいた。まるで海子を取り調べているようだ。

男は若松和重《わかまつかずしげ》という名で、たしか二十七歳。住所は北区《きた》赤羽《あかばね》だという。職業は、東京駅や新宿駅の特設売店、それから有名デパートの地下食品売り場で売っている弁当や佃煮《つくだに》などをつくる食品会社の社員だと海子は答えた。

「今回も、北アルプスへ登った可能性が高いんですね」

京塚は力のこもった声でいって、海子の顔をにらんだ。

「そうだと思います」

「列車でいったのか、車でいったのかは……」

「分かりません」

京塚は、「うーん」と唸《うな》ってから、若松和重と石浜波路は北アルプスに登ったことが考えられるので、長野県警と岐阜県警に捜索を依頼するといった。

海子は、

「よろしくお願いします」

といって頭を下げてから、波路の写真を取り出して、

「この娘です」

と手渡した。

写真を受け取った京塚は、写真と海子の顔を見比べるようにしてから、

「娘さんは、お父さん似なんですか」

ときいた。海子は首を横に振った。

2

茶屋は海子に、とん力で昼食をしていってくれといわれたが、それを断わって事務所へ出勤した。

ハルマキは、洗面所の鏡に向かって口を開けていた。歯が痛むのかときくと、いまはもう痛くないが、医院で削《けず》られた歯が気になるのだといった。

サヨコは、食べ終えた弁当の包みをテーブルに置いたまま、目を瞑《つむ》っていた。昼休みのつもりなのだろう。

「私は昼メシ前だ。なにか出前を」

「パンでよかったらありますけど」

ハルマキがいった。彼女が昼食に買ってきたものなのだが、歯の治療を受けたからか食欲がないのだという。

「それでいい」

ハルマキは茶屋のデスクへ、ふくらんだ紙袋を置いた。中身はクリームパンとカツサンドとチーズ。どちらかというと大食いのハルマキだ。だが、きょうの彼女はリンゴジュースを飲んだだけだという。

「とんかつ屋の娘の行方を心配してあげたのに、とんかつ屋でお昼をご馳走《ちそう》にならなかったの」

サヨコが腕組みをして目を閉じたままいった。

茶屋は、カツサンドに嚙《か》みついた。

デスクに置いたスマホがまばたくような青い光を放ち、ラテンの曲を小さく鳴らした。

「先生。先ほどはありがとうございました」

電話をとると、とん力の海子からだった。

「波路が見つかりました」

彼女の声は弾《はず》んでいた。

「見つかった。どこで……」

「長野県の大鹿村《おおしか》という役場から電話があって、村内の農家に着いて、いま、その農家で休ませてもらっているということです」

波路が着いたという農家では彼女を登山者と知り、役場へ連絡したのだろう。

海子は、またあとでといって電話を切った。

大鹿村というのは、たしか長野県の南部ではないか。茶屋は口を動かしながら長野県の地図を開いた。サヨコとハルマキが地図に首を伸ばした。

「あった。ここだ」

「下伊那郡《しもいな》だ」

二人は同時に地図の一点を指差した。そこは標高三千メートル級の峰々が連《つら》なる南アルプスの西側で、静岡県の北端と接している。地図には小渋《こしぶ》温泉、鹿塩《かしお》温泉などが載っていた。

「石浜波路は、北アルプスじゃなく、南アルプスに登っていたんじゃないか」

大鹿村と比較的近い山というと塩見岳《しおみだけ》、荒川岳《あらかわ》、赤石岳《あかいし》などだ。

海子は、波路が大鹿村の農家に着いたといった。口ぶりからすると、単独だったようだ。彼女は恋人の若松和重と一緒の山行だったのではないか。

海子からまた茶屋に電話があった。

「波路はひどく疲れていて、ろくに話もできないようなんです。電話にも出られないいって、役場の人はいいました。ですので、わたしは、みどりと一緒に、大鹿村というところへいくつもりですけど、どこをどういったらいいのでしょうか」

みどりというのは、とん力の従業員だ。

とん力には長野県や静岡県の地図はないのだろうか。茶屋に再度電話してきたということは、力造には話したが、頼りにならなかったにちがいない。

「大鹿村には鉄道はないどころか、飯田《いいだ》線の伊那大島《いなおおしま》駅あたりから東へ直線にして十数キロはなれています。車でいかれたほうがいいと思います。それに波路さんとは一緒に帰ることになるでしょうから」

海子は、「そうですね」といって電話を切った。

「先生……」

サヨコがあきれるような声を出して、茶屋の顔をにらんだ。

「なんだ」

「いまのいいかた、冷たすぎじゃないですか。波路さんは動けないいし、電話で話すこともできないほど衰弱している。彼女になにがあったのか……。何日間も山中をさまよい歩いていたんです。もしかしたら、危ないのかも。そういう人のお母さんはただおろおろしているだけになってしまう。なんとかちゃんとしなきゃと思って、思いつくのは茶屋次郎だけ。……波路さんのお母さんは、先生に救いをもとめているんです。一生に一度ぐらい、人の役に立ったらどうですか」

なにかえらい大袈裟《おおげさ》ないいかたをされているが、どうしたらいいのか、茶屋はサヨコにきいた。

「先生が、車に海子さんを乗せて、大鹿村へいってあげてください。大鹿村にも医療施設はあるでしょうけど、設備のととのった病院へ運ばれるかもしれない」

ハルマキは、ロッカーから茶屋の旅行鞄《かばん》を出し、事務所のすぐ隣のパーキングにとめてある乗用車のキーを、音をさせてデスクに置いた。

茶屋は車のキーをつかんだが、仕事が頭に浮かんだ。衆殿社《しゅうでんしゃ》「女性サンデー」編集長の牧村《まきむら》に、次の名川《めいせん》シリーズの取材をどこにするかの返事をしなくてはならなかった。

茶屋は、食べかけのカツサンドを一口食べると、海子に電話した。

「大鹿村へは私もいきます。いまから迎えにいきますから、女将さんは私の車に乗ってください」

「えっ、先生が、わたしを乗せて、大鹿村へ。波路を迎えに……」

海子は涙声になった。

「波路さんの容態《ようだい》はどうなのかしら」

ハルマキだ。

「海子さんはいままで波路さんに電話をしていたと思う。だけど通じなかったんじゃないかしら」

サヨコは小首をかしげた。

「電源が切られていたっていうこと」

「もしかしたら、山中でスマホを失《な》くしたんじゃないかしら、さまよい歩いているうちに」

波路は若松和重と南アルプスの山に登ったが、山中で彼とはぐれてしまったのだろうか。

何日間かさまよっているうちに大鹿村に着いたが、そこがどこなのかきっと彼女には分からなかっただろう。

彼女とはぐれた若松はどうしたのか。彼もどこかへたどり着いただろうか。口を利くことができたなら、同行の女性がいたことを話すはずだった。

茶屋は車に乗り込んで祐天寺へ向かい、旅支度《じたく》をして待っていた海子とみどりを車に乗せた。

「いい車ね。うちのより大きいし」

助手席に乗ると海子がいった。力造は店の入口に立って見送った。どこか寂しげだった。

「先生。お疲れになったら運転を替わりますので」

みどりが後ろの席からいった。彼女は車好きで、自分の車を所有していて、休日には鎌《かま》倉《くら》や江《え》の島《しま》へドライブするのだという。

茶屋が運転する車は、中央自動車道を長野県へ向かって走った。途中の談合坂《だんごうざか》サービスエリアで一息入れた。食堂も売店もなぜここにこんなに人が集まるのかと思うほど混雑していた。

そこから茅野《ちの》まではみどりがハンドルをにぎった。ドライブが好きだというだけあって、運転は安定していてうまいと思った。

茅野からは三州《さんしゅう》街道を南に向かった。伊那大島に着いたが、曇り空のせいか夕暮れの色が濃くなり、山影は消えていた。リンゴ園のあいだの道路を東に向かった。天竜川《てんりゅうがわ》をまたぐと上り坂になった。山腹に水力発電所の鉄管が見えた。生田《いくた》というところに着いたときには日も暮れて、民家の灯《ひ》がまばらに見え、伊那山地に入ったのを知った。

白壁の土蔵のある家で、大鹿村役場への地理を聞くと、小渋川に沿っていくようにと教えられた。ダムを通り抜けトンネルをいくつもくぐった。明るい時なら景色のいいところだろうと思われた。役場に着くと午後八時になっていた。宿直の職員が波路がいる農家へ案内してくれることになった。

「そこは中島《なかじま》さんという家で、この村では最後まで養蚕《ようさん》をしていました。ここからは一キロばかりはなれています」

職員は軽乗用車に乗って茶屋たちの車を先導してくれた。

すぐに集落がとぎれて上り坂になった。広い庭のある家に着くと暗がりから水の流れる音がきこえた。

中島家は煌々《こうこう》と灯《あか》りを点《つ》けていた。役場の職員が電話しておいてくれたのだろう。車をとめると、白い犬が尻尾を振って近寄ってきた。

茶屋たちは五十代に見える中島夫婦に迎えられた。海子は上がり口に手を突いて、丁寧に礼をいった。

「娘さんはいま眠っています」

妻は座敷に案内した。

波路は薄く口を開けて眠っていた。海子は小さく叫んだ。枕に髪を広げて眠っている娘の顔を真上から見ていたが、たまりかねたように抱きついた。

波路はゆっくり目を開けた。なにが起こったのか分からないらしく、からだにのしかかった重さに耐えるような顔をしていた。

「お母さん」

気が付いたのだ。波路は両手を広げるとおおいかぶさっている海子を抱きしめた。

「波路さん」

みどりが呼んだ。波路はみどりのほうへも腕を伸ばした。

海子はからだを起こした。

「茶屋次郎先生だよ」

海子はいったが、波路には茶屋がどういう人なのか、なぜここにいるのかが理解できないらしかった。

海子は落ち着きを取りもどし、後ろを向いて中島夫婦にあらためて礼をいった。

波路は起き上がらなかった。中島夫婦がいうには、波路は立っているのがやっといった状態で庭へ入ってきて、中島の姿を見るとその場で倒れ込んでしまったという。中島は彼女の服装を見て道に迷った登山者だと判断した。濡れている靴を脱がして部屋へ上げると、彼女はすぐに眠り込んだ。危険な状態に陥《おちい》る可能性もあったので、役場と診療所へ連絡した。診療所からは医師が駆けつけて、点滴を打った。目を開けたので牛乳を飲ませ、お粥《かゆ》を食べさせた。波路は首に下げていたカードを夫婦に見せると、また目を瞑った――

役場の職員は茶屋たちのために宿を手配してくれていた。そこは鹿塩温泉の旅館だった。

旅館では茶屋たち三人の事情を職員からきいていて、深夜近くなのに食事の準備をしてあった。

「先生、ご苦労さまでした。お疲れになったでしょ」

海子は赤い目をしていって、茶屋にビールを注いだ。

みどりはグラスを両手で持って、ビールを注いでくれるのを待っていた。

「みどりは、酒豪《しゅごう》なんですよ」

海子は、いいながらみどりのグラスにもビールを注いだ。

「酒豪だなんて、いわないで」

みどりは色白で、からだは華奢《きゃしゃ》である。

「私の事務所にも、酒豪が二人いる」

茶屋は、サヨコとハルマキが並んで酒を飲んでいる風景を思い浮かべた。

3

翌朝、窓を開けた茶屋は思わず声を上げた。まるで緑の布団に寝ていたような気がしたからだ。匂い立つような草木の丘が目の前に迫っていて、そのあいだに白く細い滝が筋を引いていた。鳥の声がして葉が揺れている。葉叢《はむら》のなかで鳥が遊んでいるらしい。蒼《あお》く澄んだ空を、羊のような格好の白い雲が流れていた。

茶屋と海子とみどりは、焼き魚と漬け物と味噌汁の朝食を摂《と》った。

「カツやフライより、こういう朝ご飯がおいしいね」

みどりが椀を持っていった。

海子はみどりに白い目を向けた。

「波路さん、けさはご飯を食べられたかな」

茶屋は熱いお茶を飲んだ。

清流の小渋川沿いを下って中島家に着いた。玄関でまた白い犬に迎えられた。

波路は、中島家の妻の物らしい半纏《はんてん》を肩に掛けて食堂の椅子に腰掛けていた。海子が波路の肩を抱いた。

庭にバイクの音がして、五十歳ぐらいの制服警官が入ってきた。駐在だった。駐在は五、六分、波路から話をきくと、犬の頭をひと撫《な》でして去っていった。

「元気になってよかった。東京へ帰れそうだね」

茶屋がいうと、

「お世話になりました」

といって頭を下げてから、

「茶屋先生とうちとは、どういう関係なんですか」

ときいた。当然の質問だった。茶屋は、とん力の客で、海子が茶屋の書くものを読んでいる間柄だと話した。

「わたしも週刊誌に載っていた、広島と福岡の川で起きた事件のお話を読んだことがありましたけど、茶屋先生がとん力のお客さんだったのは知りませんでした」

そういったが波路の声は弱々しかった。目はくぼみ、頬《ほお》はこけている。もう一日人家のあるところに着くことができなかったら、深山《しんざん》の樹木の根元にうずくまり、そのまま眠り込んで、やがて落葉をかぶって、土になってしまったかもしれなかった。

茶屋は、中島家の主婦が淹《い》れてくれたお茶を一口飲むと、

「あなたは、単独での山行ではなかったんでしょ」

と、正面からきいた。

「彼と一緒でした」

「彼というのは、若松和重さんですね」

若松の名は海子からきいたのだと茶屋はいった。

「そうです」

「荒川岳か赤石岳にでも登ったんですね」

「いいえ、聖岳《ひじりだけ》に登るつもりでした」

「聖へ……」

南アルプス南部の名峰で、標高は三千メートル以上だ。山容が優美なことでも知られている。茶屋は四、五年前の真冬、信州遠山郷《とおやまごう》の霜月《しもつき》祭りを取材にいったさい、下栗《しもぐり》という傾斜三十八度のところから真っ白い聖岳を仰《あお》いだことがあった。両側から切れ込んだ前山の中央に、富士山に似た峰がしらが輝いていた。その頂《いただき》に向かって手を合わせたのを憶《おぼ》えている。

「聖へは、飯田方面から……」

「いいえ。静岡方面からです」

「静岡側というと、大井川《おおいがわ》を遡《さかのぼ》った……」

「そうです」

「大井川鐵道《てつどう》に乗って……」

「若松さんの車でいきました」

大井川に沿う道を遡り、寸又峡《すまたきよう》に着いて、温泉宿に一泊し、次の日は大きいダムの縁《へり》を走って、車でいけるところまでいってダムの先端の山林のなかへ車をとめ、川に沿う山径《やまみち》を登りにかかった。

若松は聖岳を登るのは初めてだったという。『径があるはずだが、整備された登山道ではないと思う。もしも径がわからなくなったら引き返す。それも登山なんだ』といった。

登山基地を経《へ》て、山道をたどった。森林帯の暗い径には何日も経《た》っていなさそうな踏み跡があった。

三時間ぐらい登ると、踏み跡が二手に岐《わか》れていた。やがて登山道ははっきりしなくなり、ただ地面に足跡が薄くついているだけだった。降りつづいた雨によって登山道がよくわからなくなった、と若松はいって、新しい踏み跡のほうをたどることにした。

山径を歩きはじめて約五時間後の午後二時すぎ、若松は、キジ撃ちをするといってコース左手の笹ヤブのなかへ姿を消した。用足しのことである。波路は小草の上に足を投げ出して汗を拭った。小さな白い花を見つけて顔を寄せたりしていた。

十分あまり経ったが、若松は波路が休んでいるところへもどってこなかった。あたりを見まわしているとき、人声をきいたような気がした。それから、また十分ほど待ったが若松は笹ヤブのなかから出てこなかった。

彼女は不安になって、笹ヤブのなかへ入って若松を呼んだ。だが返事がない。彼女は彼を呼びながら左右に首をまわした。すると、蔓《つる》に足をとられて転倒し、急斜面を数メートル滑り落ちた。笹ヤブのなかへもどってみたが、若松はいなかった。彼女は声をかぎりに叫んだ。上部の暗がりで音がして枝が揺れた。猿が目を光らせていたのだ。彼女は思わず腕で自分を抱きしめた。

彼が姿を消して一時間がすぎた。彼女は不安が募《つの》った。若松はわざと姿を消したのではないかという疑念も湧《わ》いた。そんなはずはない、と彼女は暗い思いを振り払った。しかし彼の姿は見えないし声もしなかった。用足しをすませた彼は、勘ちがいして彼女が待っている地点とは反対の方向へいってしまったのではないか。それにしても彼女の呼ぶ声に応えないのはおかしい。

彼女はあっと気づいて胸ポケットを押さえた。スマホがなくなっていた。彼女は転倒した場所とその付近を這《は》いまわった。『スマホ、スマホ』と呼んだ。彼女のスマホは落葉の下に隠れたのか、土をかぶったのか、見つけることはできなかった。

若松の名を呼びながら徘徊するうち、彼女は何度も転倒した。急斜面を滑り落ちそうになり、木の枝をつかんでようやく踏みとどまったこともあった。

山に雲がかぶさってか、あたりが暗くなった。そのまま日没になりそうだった。

山中二泊の予定で、ツエルトや食料を準備しての山行だったが、ツエルトと主食類は若松のリュックに入っていた。

彼女は、彼を待っていた登山道へもどるつもりだったが、その地点も分からなくなった。

周囲を見まわすと人跡はなにもなかった。いままで人が入ったことのないような深い森林に立っているのを知った。

波路は、彼がどうして姿を消したのかを考えていたが、思い当たるものはなくて頭は混乱するばかりだった。

湿った土の上にすわり込んで頭上に目を向けているうちに、暗がりが迫り、やがて漆黒《しっこく》の闇に包まれた。這って平坦なところを見つけると、水を一口飲んで、寝袋に入った。空腹感はなく、水だけを欲した。

登山を覚えて三年。それを振り返った。どの山行も山小屋泊まりで、露営は経験していなかった。寝袋から顔だけ出して目を瞑っていると、近くで奇妙な音がしていることに気づいた。風を受けて木の枝がすれ合っているらしい音のなかで、落葉を踏むような音と、近くで人が会話しているような音もきこえていた。

一時間眠り、一時間目を開けているような繰り返しをして、夜を明かした。遠くで太鼓を叩《たた》いているような音がした。錯覚にちがいなかったが、日の出の音なのではと思ってきいていた。

寝袋は、夜露と朝露に濡れていた。水を一口飲むと水筒は空《から》になった。水を失うと、生命の危険が迫ってくるような恐怖におののいた。ビスケットを割って口に入れた。昨夜はなにも摂取していないのに空腹感は起こらなかった。

その朝には、もはや若松をさがす意思はなくなっていた。人のいるところへ出て、事情をきいてもらいたかった。

彼女は地図を持っていなかった。持っていたとしても、自分がどこにいるのかを知ることはできなかったろう。

きのう、何時間か歩いた踏み跡をさがした。その跡をたどれば、ダム沿いの道路にたどり着けるだろうと思って歩いたが、堂々巡《どうどうめぐ》りをしているようで、木立《こだち》のもようも倒木の無《む》惨《ざん》さにも変化がなかった。

五、六歩進んでは立ち止まっていたが、森林帯を抜け出すことはできなかった。登ったり下ったりを繰り返すうち平坦な径があらわれた。ほっとしたがダムに向かっている径なのかは怪しかった。

標識を見つけた。径に迷ってから初めて出会った人工物だった。矢印が斜め上を指し、「聖岳」とあった。波路は聖岳山頂への径をさがしていたのではなかった。ダムへ引き返すつもりでいたのに、その径は聖岳へのコースであった。

彼女は腰を下ろした。自分の歩いている方向に納得がいかなかった。ダムへ引き返すつもりがダムからはなれて聖岳へ向かっていたようだ。一時間ばかり足を伸ばしていたが、こうしているうちにまた夜を迎えることになると気付いて、歩いてきた方向へ引き返すことにした。

しばらく登り下りを歩くうち、またも波路の頭を混乱させるものに出会った。朽《く》ちた木の板の標識には「笊ヶ岳《ざるがたけ》」とあり、矢印は斜面の下を指していた。地図のない彼女には位置関係がまったく分からない。波路は、彼女をまどわせるために立てられているように見える標識の根元にうずくまった。

じっとしていると野鳥のさえずりのような音がきこえてきた。その音にきき耳を立てると水の流れだと気付いた。その音は斜面の下のほうで鳴っているらしかった。『水だ』自分にいった。夕暮れ近くの急斜面を下りきると沢があった。手が切れるような冷たい水が音を立てていた。

沢に顔をつけて水を飲み、水筒を一杯にした。ビスケットを食べた。五、六メートル先に板のような岩が沢のほうへ突き出ていた。波路はその岩の下で夜をすごすことにした。

遠雷を聞いていたが、その音は彼女を襲うように近づいてきて、雨になった。屋根がわりの岩の端から落ちる雫《しずく》が氷のつぶのように見えた。

次の日は、沢伝いに五時間ほど登った。靴が濡れて重くなった。草を踏んで滑り、そのまま腹這いになっていた。その場で寝袋に入って目を瞑った――

「あなたは沢を見つけた。沢の流れに沿っていけば、やがて里に出ることに気づかなかったの」

茶屋が波路にきいた。

「ゆうべ、それに気付きました。山の中でわたしはどうかしていたんです。綱をたぐるように沢を遡っていけば、山脈をまたいで、里に出られるって考えていたんじゃないでしょうか。そう信じ込んでいたんだと思います」

「沢は細くなって、やがて途切れていたんじゃないかな」

「いいえ。細い流れが二つに岐れていました」

「あなたは、どちらの沢を選んだの」

「どちらにしようかなんて、迷わなかったような気がします」

彼女は左の沢を伝うことにしたという。

——細い沢沿いにはところどころで径のような、人が歩いた跡の見える急坂があらわれた。沢は途切れ、馬の背のような地形に出会い、そこを越えると、はっきりとした山径があらわれた。暗い森林を抜け出し、ゴツゴツした岩のあいだを歩くと、また細い沢に出会った。今度は沢水の流れに沿って下った。遠方に里が広がっていた。靴を脱ぎ捨てたいくらい足が痛くなり、下りの途中で二晩を過ごした。強い風音をききながら足を引きずって歩いているうち、「小渋温泉」という矢印の標識を目にし、里に出られたことに気づいた
——

4

若松和重が勤めている弁当の会社は美殿家《みどのや》といって、本社と工場は北区王子《おうじ》にある。彼は本社勤務だという。

「若松さんは、帰宅したかどうかを問い合わせましたか」

茶屋は波路にきいた。

「いいえ」

彼に連絡してみようと思わなかったわけではないが、波路には躊躇《ちゅうちょ》があったようだ。

若松の電話番号を知っているかときくと、波路は覚えていないといった。

茶屋は美殿家の本社へ電話して若松を呼んだ。電話には女性社員が出て、

「若松は休んでいます」

といった。

「若松さんは休暇をとって、登山に出掛けられたようですが、お帰りになっているでしょうか」

茶屋がきくと、分かる者に電話を替わるといった。

二分ほどして、男性が応じ、若松の上司だといった。

「若松は八月二十六日から休暇を取っていて、八月三十日に出勤することになっていましたが、出勤しないし、連絡もありません」

「若松さんは山へ登りましたが、登山中に一緒に登った人とはぐれ、行方が分からなくなりました。無事帰宅していればいいなと思いまして」

「あなたは、若松とはどういう関係ですか」

坂本《さかもと》という姓の上司は少し小さな声になってきいた。

茶屋は、若松と石浜波路の間柄を説明した。若松と波路は、大井川を遡って聖岳に登るつもりだったが、途中で若松の姿が消えた。波路は単独になったが、山を登り下りして、長野県の大鹿村の農家にたどり着き、現在、その農家の世話になっていると話した。

「では、若松は行方不明ということですか」

「その通りです」

「では、警察に届けなくては」

「そうしてください」

茶屋はこれから波路を車に乗せて、東京へ帰ると告げた。

坂本は、会社の所轄の警察に行方不明者捜索を願い出るだろう。若松和重は寸又峡温泉に一泊して入山したのだから、所轄署は静岡県警に連絡する。捜索隊が出動するのはあしたではないか。

茶屋は波路と海子を後ろの席に乗せた。車に乗った波路は、

「足がふらつきました」

といった。

「眠るといいわ」

みどりが助手席からいった。

波路は、目を瞑ると、迷って歩いた山中が目に浮かぶという。

「怪我《けが》をしなくてよかった。怪我をしてたら……」

海子は口をつぐんだ。最悪の状態を想像したようだ。

中央自動車道の茅野と談合坂で休み、コーヒーを飲んだ。

「彼はどうなったのかしら」

波路は若松のことを口にした。

彼は急坂を転げ落ちたのだろうか。もしかしたらそのまま動けなくなったのかもしれない。

六時間あまりかかってとん力に着いた。が、店の二階へ上がるのを波路はためらった。

「きょうは家で休むのよ。きょうだけじゃなくて、二、三日は動けないんじゃないかしら」

海子はいいながら波路の手をとって車を降りた。

「ひどい目に遭ったようだな」

力造はぶっきらぼうないいかたをしたが、その目には涙をためていた。

店のなかには丸顔の若い女性がいた。さち子《こ》という近所の娘で、ときどきとん力を手伝っているのだという。彼女は、

「波路さん」

と呼んで、頬に涙をこぼした。波路はさち子に抱きついた。

大学生の昭典が帰宅した。彼は、キッチンの椅子にすわってコーヒーを飲んでいる波路を、珍しい動物にでも出会ったような顔をして、少しはなれた位置から眺めていた。

「若松さんのことを、彼の家族に知らせておく必要があります。若松さんは家族と同居ですか」

茶屋が波路にいった。

「いいえ。別居です。実家は世田谷《せたがや》区成城《せいじょう》です。成城には、お父さんと……」

そこまでいって波路は口を閉じた。いいにくいことがあるらしい。

彼女は、スプーンでカップをかきまわした。

「彼のお母さんは、三年ぐらい前に病気で亡くなりました。それから二、三か月もすると、お父さんは、愛人だった方を家に入れて、一緒に住むことにしたんです。彼と彼の妹は、お父さんとは一緒に住みたくないっていって、二人とも実家を出てしまったんです。

理恵《りえ》という名の妹は、世田谷の経堂《きょうどう》に住んでいるそうです」

「お父さんは、なにをしている方ですか」

「菱友《りょうゆう》重工業という大企業の役員だそうです」

本社は東京駅と向かい合うようにそびえる巨大な高層ビルに入っている。茶屋は何年か前、その会社の山岳部員を取材するために訪ねたことがあった。

「お父さんとは別居でも、事情を話しておかなくては」

茶屋がいうと、波路は、成城の家に電話するといった。

父親の名は若松貞彦《さだひこ》。番号案内にきいて電話番号が分かった。

波路は、水を一口飲むと、キッチンの壁に貼り付いているベージュの電話器を耳にあてた。彼女がどんなふうに話すのかに茶屋は興味を覚えた。

相手はすぐに応答したようだ。

「わたくしは、和重さんとお付き合いさせていただいている者で、石浜波路と申します。男のような名ですが、波の路と書きます」

相手は、貞彦の妻になったらしい女性なのだろう。

「和重さんと一緒に、八月二十六日に登山に出掛けました。はい、静岡県のほうから聖岳という山に登るつもりでした。……ところが途中で、和重さんとはぐれてしまい、わたくしは何日間も山のなかを歩きまわって、長野県の大鹿村というところへ着きました。は、はい。……わたくしは山の中でスマホを失くしてしまい、彼と連絡することもできなくなったんです。きょう、家へ帰ることができて、和重さんのお勤め先へ電話しましたところ、彼は出勤していないということでした」

相手は、会社へ出勤している主人に連絡してもらいたいといったらしく、波路は相手がいった電話番号をメモした。

波路は電話を切った。電話に出たのは新しく奥さんになった人だった、と茶屋にいった。

波路は、たったいまきいた番号へかけた。少し待って貞彦が応答したようだ。

波路は、山中で消息不明になった和重のことと、自分は何日間も山中を迷い歩いたことを話した。

「お父さんは、『分かった。すぐに手配する』っていいました」

波路は緊張した面持《おもも》ちでいった。

「私にも連絡するところがあった」

茶屋は目黒署に連絡するのを忘れていた。

生活安全課の京塚はすぐに応じた。

「登山地は、北アルプスじゃなく南アルプスでしたか。女性は生還できた。そりゃよかったが、男のほうが心配だね。静岡県警にはこちらから連絡しておきます。寸又峡のあたりの所轄はどこかな」

京塚は独り言をいって電話を切った。

茶屋は美殿家の坂本に再度電話して、若松和重の電話番号が分かるかをきいた。坂本は控えてあった若松の電話番号へかけたが、電源が切れていると機械的な女性の声が教えてくれた。

茶屋はあらためて波路に、若松和重とはどんな人かを尋ねた。

「美術大学で、グラフィック・デザインを学んだ人です。卒業制作では、何人かで巨大な雪上車をつくったそうです。写真を見せてもらいましたけど、真っ黒い怪獣のような不気味な格好をした車でした。スキー場で雪崩《なだれ》が発生したような場合に活躍ができる機械だといっていました。その車は、工業系の賞で銀賞を受けたそうです。……彼は飛行機の操縦免許を持っています。友だちのお父さんが小型飛行機を持っていて、月に一回ぐらい、調布《ちょうふ》飛行場からそれに乗って、小笠原《おがさわら》諸島あたりまでを往復してくるようです」

「あなたは、若松さんが操縦する飛行機に乗ったことは……」

「ありませんし、誘われたこともありません」

「勤務先の美殿家では、どんな仕事をしているか、きいたことがありますか」

「営業企画部というところで、販売のアイデアを考えたり、包装紙や箱や手提袋《てさげ》のデザインを考えたりしているそうです。仕事は面白いといっていました」

若松の登山経験は高校生のときからだときいていたという。同級生などと一緒に登山をはじめたころは、毎年、人気のある山の多い北アルプスへいっていたが、登山者の多いことに嫌気《いやけ》がさし、南アルプスに登るようになった。単独で四、五日かけていくつかの峰を縦走したこともあったらしい。

「真面目《まじめ》な人のようですね」

「お酒を飲むのが気になっていました」

「強いんですか」

「強いのかどうか、わたしには分かりませんが、ウイスキーの水割りを三杯か四杯飲むと、歌をうたいたくなるようです」

「その手の人は珍しくはない」

どういうところで飲むのかときくと、新宿や上野《うえの》のスナックだという。二、三曲うたうと目を閉じてしまう。カウンターで三十分か四十分眠っている。目を醒ますと水割りを何杯もおかわりする。波路は正気を失くした彼を赤羽のマンションまで何度も送ったという。

5

若松和重の妹の理恵が波路に電話をよこした。

「先ほど、父から電話があって、兄が山で行方不明になったとききました」

「そうなんです。登っている途中でトイレのために、わたしからはなれました。和重さんはそれきりわたしのいるところへもどってこなかったんです」

「あなたは、兄をさがさなかったんですか」

「さがしました。彼が入ったと思われる笹ヤブのなかかも」

「どうして兄が、あなたが待っている場所へもどらなくなったのかの見当《けんとう》は……」

「見当なんてつきません。ただわたしは、夢中でさがしました」

「そこは崖《がけ》の上のようなところだったんですか」

「急な傾斜地でしたけど、崖の上なんかではありません」

理恵は納得できないらしく、波路に会いに来るといって電話を切ったという。

「あなたは理恵さんに会ったことは……」

「一度会ったことがあります。背の高いきれいな人でした。有名大学を出て保険会社にお勤めだとききました」

一緒に食事でもしたのかと茶屋はきいた。

「去年の二月だったと思います。渋谷の新しいビルの中のレストランで、彼と三人で会いました。理恵さんの希望で、フランス料理の店へ入ったんです。わたしはフランス料理の名前も知らなかったのですけど、理恵さんはメニューを見て、ワインと料理を手際よくオーダーしたので、それを見て私は気後《きおく》れしました。頭がよくて、仕事もてきぱきとこなしている人なんだろうって」

「理恵さんは、どんな話をしましたか」

「ヨーロッパの料理からはじまって、教会や美術館の話を、少し早口で。……わたしはヨーロッパへいったことがないので、黙ってきいていました。理恵さんに、海外旅行をしたことがあるのかって聞かれたので、バリ島とハワイだと答えました」

「理恵さんはなにかいいましたか」

「いいえ、なにも。和重さんからわたしがとんかつ屋の娘だってきいていたようで、理恵さんはわたしや家族のことを何もきかなかったと思います。理恵さんは、シャンパンを飲んで料理を食べ終えると、和重さんと私を店に残して帰りました。まるで冷たい風が通り過ぎたような感じでした」

そのレストランでの勘定《かんじょう》は和重が支払ったといった波路は、なにかに気づいたのかはっと上を向いて、瞳を動かした。

「いつも気になっていたことでしたけど……」

波路はそういうと、ハンカチを鼻にあてた。

茶屋は、濃いお茶を飲んで、彼女の口が開くのを待った。

「わたしとお茶を飲んだり、ご飯を食べても、和重さんは代金を現金で支払いました。わたしは何度も、彼が上着の内ポケットから取り出す財布を見ました。お札を沢山入れていて財布は分厚いんです。なぜいつもそんなに持ち歩いているのか不思議な気がしました」

「沢山って、具体的にはどれぐらい」

「三十万円ぐらいじゃないでしょうか」

「クレジットカードなんかを使わないいんだね」

「持っていないようでした」

「なぜかってきいてみればよかったのに」

「夫婦でもないのに、そんなことときけません」

電話があってから一時間半ぐらいして、若松理恵がやってきた。クリーム色のブラウスの胸には紺の刺繍《ししゅう》があった。身長は一七〇センチ近いだろう。色白の細面《ほそおもて》だ。目鼻立ちがはっきりしていて、会社勤めの人というより芸能活動をしている女性のようだ。

「せまいところですけど、どうぞ」

海子がキッチンテーブルへ招いた。

波路と茶屋は椅子を立って軽く頭を下げた。

理恵は、食器棚や流しをぐるりと見てから腰掛けた。

「父が電話をよこして、静岡県警へ兄の捜索をお願いしたということです。……二人で山へ入ったのに、一人が行方不明になるなんて……。兄はトイレのために、あなたのいたところからはなれたときききましたけど、姿が見えなくなるほど遠くへはなれたんですか」

「平坦な場所を選んだのです。それはクマ笹のやぶのなかで、わたしのいるところから二十メートルぐらいはなれていたと思います」

波路がいうと理恵は首をかしげ、

「兄が用を足しているのに、あなたは先の方へ歩いていったんじゃないのですか」

「少しは移動したと思いますけど、それはほんの十数歩です。はなれたというほどの距離ではありません」

「兄がもどってこないので、あなたは付近をさがしたといいましたね」

理恵の言葉はとがっている。

「ええ」

「兄がいたという痕跡を見つけましたか」

「さがしたけれど、分かりませんでした」

「おかしい。わたしには、あなたのいうことが信じられないんです。真っ暗闇でもないのに、二人がはぐれるなんて。……兄は過《あやま》って断崖《だんがい》のようなところへ転落したんじゃないですか。転落したっていえない理由があるので、姿が見えなくなったといっているんでしょ」

茶屋は理恵に向かって手を挙げた。

「失礼ですが、あなたは山歩きをしたことがありますか」

理恵は丸い目をして、首を横に振った。

「そうでしょう。山でパートナーと七、八メートルはなれて歩いていて、一方が行方不明になったケースがあるんです。足元が悪いと、足元にばかり気をとられているせいです」

理恵はぷいっと横を向いた。波路との会話の邪魔をするな、とその顔はいっていた。

「そのうち兄は見つかるでしょう。そのとき、波路さんが本当のことをいっているかもわかるでしょう」

理恵は風を起こすように立ち上がった。彼女は、頬のこけた波路を見下ろしてから、茶屋をさも憎《にく》そうに一瞥《いちべつ》して、キッチンを出て行った。

力造がキッチンへ顔をのぞかせた。

「若松さんの妹は、怒ったような顔をして出ていったが、言い合いでもしたのか」

「言い合いなんかしないけど、波路のいったことが気に入らなかったらしくて……。気の強そうな人だったわね」

海子は眉間《みけん》に深い皺《しわ》を立てた。

「先生。わたし、寝《やす》ませていただきます」

波路は二階で眠るという。ゆっくり寝むことだと茶屋がいったところへ、牧村が電話をよこした。

「先生。うまいことを考えたもんですね。さすがは茶屋次郎先生だ。いま事務所のおねえさんから話をきいて、感心しているところです」

彼のいう事務所のおねえさんはサヨコのことだろう。

「うまいことって、なんのこと……」

茶屋は海子に背中を向けた。

「次の名川シリーズに大井川をやりたかったけど、ただ茶畑や山間《やまあい》を川がくねくねと流れているだけでは、読者はよろこんでくれない。そこで一組の男女の登山者が上流の山中で、はなればなれになってしまった。つまり遭難事故が発生した。そのカップルのどちらかが複雑な事情を抱えていて、別れたがっていた。……そんなストーリーを考えたんですね」

牧村は頰をゆるませて喋《しゃべ》っているらしい。

「不謹慎なことをいうな。実際に遭難が発生したんだ。女性の方は五日かけて知らないあいだに赤石山脈を越え、信州の大鹿村にたどり着いた。男性のほうは、現在も山中をさまよっているかもしれない。私はあしたから、警察の捜索隊と一緒に、山へ入るつもりだ」

「先生は、大井川を遡るか下ったことがありますか」

「ないんだ。大井川は有名だが、私には未知の領域だ」

牧村はしばらく黙っていたが、

「よし、決まった。次回の名川シリーズは大井川。奥大井で重大事件発生。……あした私も現地へご一緒します」

牧村が現地へいっても邪魔になるだけだと思ったが、茶屋は、「そうか」と気のない返事をした。

電話を切ったが、五、六分経って、また牧村は電話をよこした。

「次回の取材地が決まったので、そのお祝いに、新宿で軽く飲《や》りましょう、先生」

「私はそんなことをしていられない。事務所へいって一枚でも二枚でも原稿を書かなきゃならない。それと、あしたからの支度もしなくては。あんたは歌舞伎町《かぶきちょう》のあまり上等でないクラブへいきたいんだろ。脚が細くて長い、あかぎとか、あまりとかいう女性の、丸い尻でも眺めていたいんだろ」

「あのコの名前は、あざみです。あざみのことをそんなふうにいわないでください。あざみはスタイルがいいだけじゃなくて、気立てもいい。痒《かゆ》いところに手が届くというか、気遣いの出来る女性です。私は彼女と会うようになってから、自分を反省する人間になりました」

「どんなふうに……」

「出すぎず、引っ込みすぎないように。そして、お会いする方がたに気を遣うように」

「それは、いつからだ」

「あざみに会うようになってからだっていってるでしょ」

「彼女を知ってから、かれこれ一年以上になるが、以前と少しも変わっていないじゃないか」

「それは茶屋先生の、私を見る目が曇っているからです」

茶屋は電話を切った。

牧村は独りで「チャーチル」というクラブへいくだろう。ウイスキーの水割りを三、四杯飲むと、あざみの細くて長い指をした手をにぎって目を瞑る。二、三十分眠り、また一、二杯飲んで目を瞑る。笑い話をするわけでもなく、歌をうたうわけでもない。今夜飲んだら、あしたは大井川へはこないのではないか。

茶屋は事務所に着いた。デスクの上に少し大きめの字で、「『週刊モモコ』のエッセイ、六枚、あした締め切りです」とサヨコの字のメモがあった。

茶屋は万年筆をにぎった。かれは終始《しゅうし》一貫手書きである。ワープロもパソコンも打ったことがあるが、原稿だけは手書きでないと文章がすすまない。

「週刊モモコ」のエッセイの主題は「旅先で出合った旨《うま》いもの」。

彼の頭にすぐに浮かんだのは十四、五年前の十一月の青森。酸ケ湯《すかゆ》温泉から八甲田《はっこうだ》ロープウェーで登山基地に着いた。八甲田の大岳《おおだけ》をめざす計画で登ったのだが、ロープウェーの乗り場のストーブのまわりには登山装備の男女が手をかざしていた。外は猛吹雪《もうふぶき》だったのだ。

私と同行者の二人は、いったん外に出てみたのだが、三メートル先も見えず、雲のなかにいるように暗かった。しばらくすると五、六人のパーティーが真っ白になって乗り場へ入ってきた。乗り場から一キロほど歩いたが、激しい雪の降り方に危険を感じて、もどってきたのだとリーダーがいった。私たち三人は、窓ガラスに襲いかかっている尋常でない雪に怯《おび》えていた。

ストーブに手をかざしていた十数人のうちのだれかが、「ここにこうやっているのは危険なんじゃないか」といった。それをきいた全員がいまにも破られそうな窓ガラスのほうを向いた。「降りよう」と、またたれかがいった。だが、強風のためにロープウェーは止まっていた。遭難者の顔になってしまった十数人は七、八時間そこを動くことができなかった。

さんざん暴れまわった吹雪は、疲れ切ったのか、遭難者に同情したのか、ぴたりとやんだ。何十分かしてロープウェーが動き始めた。

すっかり戦意を喪失してしまった私たちは平地に下り、青森行きのバスに乗った。

青森駅前のホテルへチェックインして、フロント係に付近に郷土料理を食わせる店があるかをきいた。するとフロント係は自分の背中のほうへ腕をまわして、「ここの裏に、湯気を外へ吹き出している店がある」と教えてくれた。

その店はすぐに分かった。白い湯気をもうもうと音がするように外へ吹き出していた。入っていくと絣《かすり》の着物で頬の赤い若い女性が、客の注文もきかないうちに、大ぶりの椀に湯気を上げている鍋を出した。ぶつ切りのタラ、長ネギ、木綿《もめん》豆腐、キノコを、薄口しょうゆで煮たもので、「じゃっぱ汁」という。どの客も、「あちい、あちい」といいながらタラの白い身を口に運んでいる。添えものは「いぶりがっこ」。熱燗《あつかん》によく合った。

　もうひとつ、何年経っても色褪《あ》せない旅の食べ物の記憶がある。それは七、八年前の秋口だった。函館《はこだて》を訪ねたときに、ふと思い付いて、渡島富士《おしまふじ》とも呼ばれている秀峰《しゅうほう》、駒《こま》ケ岳《たけ》を、ぐるりと巻くように内浦湾《うちうらわん》に沿って通る電車に乗った。函館本線には何度も乗っているが駒ケ岳の後ろ側を走る旅には縁がなかった。大沼《おおぬま》国定公園を走る列車よりも本数は極端に少ない。大沼から合流する森《もり》駅までの距離は二十二・五キロ。

　渡島沼尻《ぬまじり》で降りて海岸線の道路を歩いた。内浦湾は室蘭《むろらん》まで大きい海を抱いている。

　午後一時ごろだったと思うが、歩いているうちに空腹を覚えた。道路沿いに点々と民家があるが、食べ物を売っている店などは皆無。食い物がないとなると、空腹感は倍増する。腹の虫は口を開いて、「早くなにかを」と騒いでいた。だが見えるのは、ところどころに雲の色を映《うつ》している広い海だけ。アメ玉ひとつ持っていない不用意を後悔したが、目に海を映して歩くしかなかった。

　小さな漁港に着いた。どこからか磯の香りにのって、演歌がきこえてきそうな内浦湾は鉛色《なまり》。岸壁に、陽焼け顔に頬かむりした男が三人、あぐらをかいて釣り糸を垂れていた。彼らの前には集魚灯をぎっしりつけた漁船が、居眠りをしている。私は彼らに近寄って、近所に食堂はないかときいた。たぶん私は、ひどく困った顔を男たちに向けたのだと思う。

「腹がへってるのか」

赤黒い顔にきかれた。

「はい」私は腹に手をやった。

男の横には錆《さ》びた一斗缶《いっとかん》が置かれて、小さな火が燃えていた。男はそれに手製らしい金網をのせ、バケツのなかで泳いでいた魚を焙《あぶ》った。

「これを食いなよ」

網の上で身をよじったのは、ヤリイカとヒメダラ。私は焦《こ》げたヒメダラをつまんで口に入れた。三人の男は漁師だった。船で漁をする人たちなのに、退屈しのぎか時間潰しに岸壁で小魚を釣っていた。私は三人に笑われながら、「あちい、あちい」といって、ヤリイカとヒメダラを口に運んだ。コンクリートの岸壁にあぐらをかいて食べながら、この魚の旨さは、二度と味わえないだろうと思った。決して空腹だったからではない——と書いて、サヨコのパソコンの前へ置いた。自分のデスクの前へもどると、どっと眠気が襲ってきた。

あすは、若松和重の捜索に大井川上流に向かわねばならない。その身支度のために帰宅する必要があった。

二章　大井川遡上《おおいがわそじょう》

1

大井川は静岡県中南部を流れる大河である。南アルプスの間ノ岳《あいのだけ》（三一九〇メートル）の南斜面が源流で、南流して、島田《しまだ》市東部で駿河《するが》湾に注《そそ》いでいる。全長一六八キロメートル、流域面積一二八〇平方キロ。上流部は深い峡谷で、畑薙《はたなぎ》、井川《いかわ》などの大規模ダムがある重要な電源地帯。江戸時代には渡船と架橋が禁じられたため、大井の渡しといわれ東海道の難所の一つだった。川をはさんだ島田市と金谷町《かなやちょう》の宿場町は対向集落として発達した。

茶屋はその大井川に沿って車で遡《さかのぼ》るつもりである。

朝七時、渋谷の駐車場にあずけてある車に近づこうとした。と、隅に置かれた作業用の踏み台の上にミカン色の丸められた布団が無雑作《むぞうさ》な格好に置かれていた。布団が動いたので、茶屋は立ち止まって目をこらした。むくむくと動いたのは牧村だった。そういえば牧村はミカンのような色のジャケットを着ていた。お気に入りの上着らしい。細君の好みということも考えられる。彼は近づいてくる茶屋のほうを向いて大あくびをした。茶屋の車がここにあずけられているのを牧村は知っていたらしい。

「ゆうべも、歌舞伎町で飲んだんだろうが、よく早起きができたね」

「仕事となれば私は、一睡《いっすい》もしなくても、どこへでも……」

そういいながらまたあくびをした。

きのう電話しておいたので、とん力の息子の石浜昭典と従業員の吉河みどりが、駐車場へやってきた。

「茶屋先生は、いい車を持ってるんですね」

昭典は黒のビュイックのボンネットを撫《な》でた。

茶屋が、昭典とみどりを牧村に紹介した。牧村は名刺を二人に渡した。

助手席に昭典を乗せた。後部座席に乗った牧村はすぐに眠りそうだ。

「大井川へ行ったことがあるか」

走り出すと茶屋が昭典にきいた。

「ありません。静岡県を流れる川だということしか知りません」

「後ろに乗っている牧村さんは、大井川が静岡県だということさえも知らなかったらしい」

背中で咳払《せきばら》いがした。

「そんなことありませんよ。大井川に沿って大井川鐵道が通っていて、金谷から十八番目の千頭《せんず》までが大井川本線、その先の川根両国《かわねりょうごく》から十二番目で終点の井川までが井川線。井川線は一九三五年、大井川電力が発電所建設の資材を運ぶために千頭から奥泉《おくいずみ》に敷いた専用軌道がはじまりだったんです」

ゆうべの牧村は、歌舞伎町のクラブであざみの手をにぎりながら飲んでいたが、その後、帰宅すると、大井川鐵道の歴史に関する文献かガイドブックでも読んだのだろうか。

昭典は、大井川までは東名高速道と新東名高速道を使って二百キロぐらいだといった。

東名高速道の神奈川県を越えたところでひと休みした。茶屋と昭典とみどりは車を降りてコーヒーを飲んだが、牧村は死んだように眠っていた。東京を発《た》ったときの空はいまにも泣き出しそうな灰色をしていたが、箱根《はこね》を越えたあたりから蒼空《あおぞら》が広がり、富士山が見えた。

新東名高速道を西に走って、午前十一時に大井川を渡った。八月二十六日、石浜波路を助手席に乗せ、若松和重がハンドルをにぎった車も同じだったにちがいない。

島田金谷のインターを下りると大井川に沿う国道四七三号を南に向かった。道路は川に沿っている。蓬莱橋《ほうらいばし》に着いた。もとはお茶の運搬用に架けられたという木造の橋の長さは八九七・四メートル。木造の歩道橋としては世界一の長さでギネスにも認定されているという。架けられたのは一八七九年だ。幅は二メートル半ほどで欄干《らんかん》が低い。橋は対岸の山林に吸い込まれるように続いていた。

幅の広い川は幾筋にも岐《わか》れて流れている。錯覚なのか、そのなかの一本は上流へ向かって流れているようにも見えた。

川はのた打ち回るようにくねくねとうねるようになった。そのうねりに付き合いきれないのか、道路は川を無視するように直線に進んでいる箇所もあった。

畝《うね》がきれいにそろっている茶畑を越え、山間になり、また茶畑の波が広がった。大井川本線の地名《じな》という駅の近くで煙を吐いて走る列車に出合った。人気のあるきかんしゃトーマスは四両か五両編成で、最後尾に「かわね路」の文字と女の子の絵の札が貼り付いていた。何年も前に東京で乗った憶えのある電車も川根郷の川風を受けながら走っている。車窓には観光客らしい人たちの顔が見え、手を振っている乗客もいた。昭典は列車を見てカメラを向けた。山での遭難者の捜索をすっかり忘れてしまったようである。

奥泉で寸又峡への道と岐れた。薄緑色をした大きなダムを越え接岨峡《せっそきょう》温泉を過ぎ、川をまたぐ細い吊り橋を横目に入れてから、また巨大なダムに出合った。

鉄道の終点の井川に着いた。ここにも長大なダムがある。

眠っていた牧村を揺すって起こし、四人は途中で買ってきたにぎり飯を食べた。

牧村は、ダムを見るのは初めてなのか、にぎり飯を持ったまま立ち上がり、青い水を満々とたたえているダムに目を奪われていた。その姿を昭典が撮った。髪は逆立ち、ミカンのような色のジャケットを着て、にぎり飯をつかんでいる男は、どこかの星から迷って地球に降り立った者のようである。

道路は山中に吸い込まれるように山襞《やまひだ》に沿って、腸をねじるようにくねくねとつづいていた。車が入れるところまで遡ろうと話し合ったところへ、車が何台か下ってきた。すぐに警察の車両だと分かった。

先頭の車を降りてきた人に、茶屋は名乗って、若松和重と一緒に山へ登った石浜波路の家族と関係者だと話した。警察官は、静岡県警島田署の白石《しらいし》という警部補で、

「若松和重さんの車が発見され、山中で若松さんと思われる遺体も発見されました。ご遺体は間もなく運ばれてくることになっています」

といった。

先頭から三番目の車から長身の女性が降りてきた。和重の妹の理恵だった。彼女は茶屋たちの近くへきて頭を下げた。彼女はけさから捜索に加わっていたのだという。

和重の遺体は、畑薙湖の上流の標高約千五百メートルあたりの断崖直下で見つかった。断崖から転落したと考えられるが、付近には径《みち》がない。迷い込んだにしては不自然な点があることから、捜索隊は和重がどこをどう歩いて断崖上に着いたのかを調べている、と白石がいった。

和重の遺体は島田署に運ばれるが、精密な検視が必要な場合は、静岡市の大学法医学教室で検査されることになっているという。

茶屋は、波路からきいた和重が行方不明になったさいの状況を思い出した。和重と波路は聖岳をめざして登っていたのだが、彼は用を足すといって、笹ヤブのなかへ身を隠した。彼女は足場のよくない場所に立っていたので、数メートル先の平坦なところへ移動して、彼がもどるのを待った。そのとき人声のようなものをきいたが、はたして人の声だったのかは分からなかった。彼女は人声のようなものがきこえた方を向いて彼を待ったが、彼は天へ舞い上がったか、地にもぐったのか消えたままだった。

「不愉快に思われるかもしれませんけど、わたしは疑っているんです」

蓬莱橋は、ギネスにも認定された最長の木造橋

全長897mの木造橋は広大な河原を貫いて対岸へ

奥大井湖上駅は、
接岨湖に突出する
半島状の土地に
位置する

樹々の間から望む
奥大井湖上駅

井川線終点の井川駅景

理恵は昭典の前へ立って、彼に抗議するような態度をとった。昭典はたじろいで、茶屋に助けを求めるような目を向けた。

「疑っているとは、どういうことですか」

茶屋が険《けわ》しい目つきの理恵にきいた。

「分かるでしょ。山のなかには二人しかいなかったんですから」

理恵はそういって茶屋を憎しげな顔でにらんだ。

彼女のいいたいことは分かった。山中の断崖上から波路が和重を突き落としたといっているのだった。

「兄が過《あやま》って崖から転落したのなら、波路さんは電話をするか山を下って、発電所の人にでも、事故を知らせることができた。事故ではなかったので、山の中で迷ったふりをして登山をつづけていたんでしょ」

茶屋はゆるゆると首を横に振り、なにもいわなかった。

理恵は口をとがらせたまま車にもどった。

牧村は道路の端の石に腰掛けて、理恵と昭典と茶屋のようすを観察していた。もしかしたら牧村は、理恵の見方が真実ではないかとみているのかもしれなかった。

理恵は警察車両に守られるようにして下っていった。

三十分ほどするとワゴン車が三台下ってきた。中央の車には若松和重の遺体が乗っていることが分かった。

先頭の車から登山装備をした男が降りてきた。茶屋はその男に近寄って、捜索に参加する目的だったことを告げた。無精髭《ぶしょうひげ》が伸びた顔の男は島田署の西島《にしじま》という警部で、捜索隊の指揮官だった。

「若松和重さんは、約十五メートルの断崖上から細い沢に転落したのだと思います。なぜ登山道でない断崖上に立ったのかなど、不審な点もありますので、ご遺体を詳しく検《しら》べることにしています」

西島警部はそれだけいうと、挙手の敬礼をして車にもどった。茶屋たち四人は、遺体を乗せた車に向かって頭を垂れた。

今夜は寸又峡温泉に泊まることにしたが、その前に、折角《せっかく》ここまできたのだからと、ガイドブックなどで何度も見たことのある「夢の吊り橋」へいってみることにした。

寸又峡は、赤石山脈の光岳《てかりだけ》南面あたりから流れ出した寸又川の水をためている山中の淀《よど》みである。

「ひゃあ」吊り橋に近づくとみどりが声をあげた。コバルトブルーの湖に細い吊り橋がたるんでかかっている。近づくと、長さ九十メートル、高さ八メートルの吊り橋はわずかに揺れていた。観光客らしい三人が手すりにつかまって渡っている。橋のまんなかの板の上を一人ずつが渡るのだが、一度に渡れるのは十人までだという。橋の先はモミ、スギ、ツガなどの鬱蒼《うっそう》たる森林に吸い込まれていた。

昭典はコンパクトカメラで、みどりはスマホで橋を渡っている人を撮影した。山のなかから鳥が出てきて吊り橋をくぐって消えていった。

四人は、「記念に」といって、渓谷をまたぐ吊り橋を渡ってみることにした。橋の中心部に立ちどまると、かなりの揺れが伝わってきた。みどりは及び腰で手すりをつかんで、太いワイヤーを不安げに見上げていた。どうやら彼女は、こういうものを渡るのは初めてらしい。

2

車にもどり、今夜の宿をさがさなくてはと話していると、島田署の白石から茶屋に電話があった。

若松和重の着衣を調べていたところ、上着の内ポケットから小さなプラスチックケースに入ったカプセルを見つけた。長さ一センチほどの白いカプセルだが、ケースに入っているところから大事な物という印象を受けた。それは薬品のようでもあり、サプリメントのようでもあった。カプセルには小さな文字が浮いていて「ＡＩＰＣａｒｏｌ」と読めた。念のために県警の薬物対策係に写真を送ったところ、「ＡＩＰＣａｒｏｌ」は、五日間、眠らずに水分摂取だけで、激しい運動や労働に耐えられるとされている薬物であることがわかった。それは一年ほど前から出回りはじめたようで、アメリカから密輸されている。一錠三十万円から五十万円で取引されているらしい。服用した人の数は分かっていないが、今年になって三人の男性が服用後に死亡している。危険な薬物であるとして、警察は流通ルートをさぐっているという。その薬物を所持しているか取り扱っている人に心あたりはないか、と白石は茶屋にきいた。

そんなことを知るわけがないので、茶屋は初耳だと答え、死亡した三人の身許をきいた。すると白石は、

「茶屋さんの経歴によれば、ややこしい事件にかかわり、解決に尽力《じんりよく》されたことがあるそうですね。それなら警視庁などには一人や二人、お知り合いになった人がいるでしょうから、その人を通じて問い合わせてください」

民間の人に、事故や事件の内容を詳しく伝えるわけにはいかない、と白石はいっていた。

茶屋は、その通りだと思ったので、かつてある事件を通じて知り合った、警視庁刑事部の今川《いまがわ》管理官に電話した。

「ああ、茶屋さん。新聞の雑誌広告であなたのお名前を目にすると、その雑誌を買って記事を読んでいます。いつ読んでもあなたのお書きになっているものは面白い」

今川は電話の向こうで笑っていた。

茶屋は、「ＡＩＰＣａｒｏｌ」を知っているかをきいた。

「知っていますが、先ほどある県警からの連絡で、山岳地での遭難者の持ち物を調べたら、ケースに入ったＡＩＰＣａｒｏｌが見つかったとか。登山者がなぜそんな物を所持していたのかを、これから調べるということでした」

と今川はいって、その薬物についてなにを知りたいのかをきいた。

茶屋は、今川に問い合わせをすることになった経緯を話し、薬物について調べたいのだと答えた。

「今川さんのお手許には、ＡＩＰＣａｒｏｌを服用して死亡した人たちの、身辺《しんぺん》情報はありますか」

「あります」

「それを見せていただくか、お話をうかがうことはできますか」

「本部へきていただければ。茶屋さんは危険薬物を服用して死亡した人の身辺を、あらためて調べるつもりなんですね」

茶屋は、死亡した複数の男性と若松和重の関係をさぐりたいのだといった。


茶屋たち四人が乗った車は、つづら折りの道をたどって寸又峡温泉に着いた。ここは「二十一世紀に残したい日本の自然百選」と「新日本観光地百選」に選ばれた景勝地である。


一九六八年二月、ここの一角の旅館で奇妙な事件が発生した。ライフル銃を持った在日朝鮮人の金嬉老《きんきろう》という射殺事件の犯人の男が、十三人の宿泊客を人質にして籠城した。男は火鉢に手をかざしながら、在日朝鮮人蔑視《べっし》への不満を訴えていた。

茶屋は寸又峡温泉を、鄙《ひな》びた街か、逆に喧噪《けんそう》なところではと頭に描いていたが、その想像ははずれていて、落ち着いた雰囲気《ふんいき》を持った温泉地だった。

そこの龍紅苑《りゅうこうえん》という古風な構えの旅館に宿泊することにした。磨《みが》き込まれた板の廊下を通って、二階のわりに広い部屋へ案内された。

そこは男三人が泊まる部屋で、みどりは一階の庭が見える小ぢんまりとした部屋に寝ることになった。

どこへいっても牧村は同じで、座布団にすわるとすぐにビールを注文した。

「みなさんのお部屋は、どんな……」

みどりが入ってきて障子を開けた。窓の下は観光客が歩いている道路である。

四十歳ぐらいの小太りの女性が、びんのビールを三本運んでくると、「宿帳にご記入を」といった。牧村が、三人の男の名とみどりのフルネームをきいて記入した。

それを手に取った従業員の女性は、

「茶屋次郎さんって、あの茶屋次郎さんですか」

「あの、とは」

牧村が目を細めてきいた。

「ときどき、お客さまが置いていかれた週刊誌を見ますけど、それには『名川シリーズ殺人事件』が載っていることがあります。わたしは、事件と、刑事と探偵が大好きなんです。そのなかで面白いのは、茶屋次郎さんが殺人事件を解決する名川シリーズ。この前は、木曽川《きそがわ》を流れていく男の死体。その前は、倉敷《くらしき》の河原で土左衛門《どざえもん》となった男。その前は、ネオンが映っている川で……」

「それ、みんな、窓辺で通行人を眺めている茶屋次郎さんが書いた物です。それを私が編集長をしている『女性サンデー』に載せている。ああやってぼんやりと窓辺に立っている人から、あのような面白い話が紡《つむ》ぎ出されるなんて、想像もつかないでしょうが……」

従業員の女性は、テーブルにグラスを並べると、

「では、ごゆっくり」

といって部屋を出ていこうとしたが、宿帳を持っていくのを忘れるところだったといって、口に手をあてて出ていった。

牧村と昭典が茶屋の正面に、みどりが横にすわって四人は乾杯した。

驚いたことにみどりは、乾杯のビールを一気に飲み干した。

「はあ」

といってグラスを音を立てて置くと、昭典のほうへずらした。ビールを注げといっているようだった。昭典は、ちらりと茶屋の顔を見てからびんをつかんだ。

茶屋は一杯飲んだところで風呂に浸《つ》かることにして、浴衣《ゆかた》を小脇にはさんだ。

牧村は手酌《てじゃく》で注いでいて腰を上げなかった。みどりも自分のグラスに注ごうとしたが、それは空だった。

「ビールを追加してちょうだい」

みどりが昭典にいった。

「みどりさんは、自分の部屋で飲みなよ」

昭典も浴衣を手にしていった。彼はどうやらみどりの酒グセを知っているようだ。

「おれは、日本酒にする。先生、日本酒を頼んでくれ」

牧村だ。彼は酒に弱いくせに酒好きなのだ。

茶屋は牧村を無視して、昭典と一緒に一階の風呂場へいった。

浴槽はヒノキ造り。首までそっと沈んだ。湯にはなんとなくとろみがあった。

広いガラス越しに岩で囲んだ露天風呂の端が見えた。昭典は先に露天風呂に移って、暮れなずむ空を見上げていた。茶屋も露天のぬるめの湯に浸《つか》った。灰色の空の下、星を流すように雲が動いている。その雲の色も消え、そよかぜが湯面を撫でていった。

部屋にもどると牧村が独《ひと》り、額《ひたい》に手をあてて目を瞑っていた。まるで頭痛をこらえているようだ。

部屋の電話が鳴って、「一階でお夕食をどうぞ」といわれた。

「牧村さん。ご飯にいきましょう」

昭典が肩を軽く叩《たた》いた。

「茶屋先生は、警視庁へいったのか」

牧村は濁った目を開けた。

「先生はいらっしゃいますよ。ご飯ですよ。一階へいきましょう」

「ご飯だって。さっき食べたばかりじゃないか」

「いいえ。さっきなんて。牧村さんはご飯の夢を見ていたんでしょう。さあ、ぼくの肩につかまってください」

牧村は目をこすり、首を左右にまわした。

食事は個室に用意されていた。一歩遅れてみどりが入ってきた。彼女も湯に浸かったといって、ほんのりと赤い顔をしていた。

「ここの温泉、ちょっとぬるっとしていますけど、上がってみると、肌がつるつるになってます。あとで、もう一度入ってみようかな」

彼女は両手で頰《ほお》をはさんだ。

鴨饅頭《かもまんじゆう》のお椀と、岩魚《いわな》の甘露煮《かんろに》に野菜の天ぷらが旨《うま》かった。

牧村は、なんの目的でここへきたのかなどすっかり忘れているらしく、料理を一口食べては日本酒をちびりちびりと飲《や》っていた。

夜八時すぎ、島田署の白石が茶屋に電話をよこした。

「いま、どちらにおいでなんですか」

白石はさぐるようないいかたをした。

寸又峡温泉の龍紅苑だと答えると、

「ほう、いい旅館にお泊まりになるんですね。みなさんはもう、観光旅行気分なのですか」

「そんなことはありません。あしたは警視庁の本部で、管理官に会うことにしています」

「温泉に入ったんでしょ」

「はい。それは……」

「いいですね。すっかり物見遊山《ものみゆさん》で」

白石はなんのために電話をよこしたのか。

「なにか緊急なご用でも……」

「重大なことが分かったんです」

白石の語調が変わった。

「重大なこと……」

「若松和重さんは、断崖から落ちて死んだのではなく、首を絞められて殺されたことが分かりました。若松さんの首には太さ九ミリぐらいの編みロープで絞められた痕《あと》が認められました。……遭難事故でなく、山中での殺人事件です。それで、あなたがたにはききたいことがあるので、あした、島田署へきてください」

白石は力のこもった声でいうと、電話を切った。

茶屋は天井に顔を向けて、スマホを耳からはなした。

「どこからの電話だったんですか」

「なにがあったんですか」

昭典とみどりが同時にきいた。

「若松さんは、首を絞められていたらしい」

「ええっ」

昭典とみどりは顔を見合わせた。

茶屋は身震《みぶる》いして立ち上がった。牧村は箸《はし》を取り落とした。こちらは眠気に襲われたにちがいない。壁に寄りかかると崩れるように横になった。もしもこの旅館が火災にみまわれたら、彼は真っ先に黒焦げになっただろう。

茶屋は風呂に入り直した。湯槽《ゆぶね》に浸って、薄暗い山中を無言で登る男と女の姿を想像した。

3

「私には、あなたがたがやろうとしたことの見当がついた」

茶屋たちの四人が島田署に着くと、白石は小会議室へ招いて、目尻を吊り上げた。

「私たちがやろうとしたこと……」

茶屋は上半身を白石のほうへ伸ばした。

「あなたたちは若松和重さんの身内でなく、石浜波路さんの関係者だ。山中をさまよって大鹿村へ着いた波路さんの話をきいて、山のなかへ若松さんの体を放置しておくのはまずいと気付いた。なので四人で山へ入り、若松さんの遺体をどこかへ隠すか、運び去ろうとした」

「白石さんがどうしてそんなことを考えたのか、私には理解できない。私たちが、なぜそんなことをしなくてはならないんですか」

「分かるように話そう。……山のなかで若松さんは、波路さんに殺されたんだ」

「殺された……。どうやって……」

「隠し持っていたロープで、首を絞めた」

白石は両手で、凶器のロープを引っ張る真似《まね》をした。

「波路さんは女性ですよ。女性は、眠っていたのなら男の首を絞めることもできるだろうが、山中を歩いている男の首を絞めるなんてことは、考えもしないはずです」

茶屋は白石の顔をにらみ返した。

茶屋がものをいおうとすると、白石は手を挙げ、

「波路が五日間も山中をさまよい、そして大鹿村へ出たことに、私は疑問を持っていた。もしも若松さんの行方が分からなくなるか、転落して動けなくなっていたら、山を登るんじゃなくて、自分たちがきたコースを下るものなんだ。彼女には、若松さんの遺体から遠くはなれたいという意識がはたらいていた。だから登りつづけて、山脈を越えたんだ。それが犯罪者の心理だよ」

目を瞑って茶屋と白石のやり取りをきいていた牧村が、舌を鳴らした。

「警察は、なんでも事件にしたがるけど、波路さんには、若松さんを殺す動機がないような気がする」

牧村は、不精髭が伸びはじめた顎《あご》を撫でながらいった。

彼の顔を見ていた昭典とみどりが、「そうだ」といっているように首を動かした。

茶屋の頭には、眉《まゆ》を逆立てた長身の女性が浮かんだ。若松の妹の理恵の姿だ。白石は、若松を殺したのは波路ではないかといったが、それは理恵の推測ではないのか。彼女が白石たちに、波路が五日間も山中にいたのは怪しい、とでもいったのではないか。彼女の話をきいた白石たちは、理にかなっていると判断したのではないか。

茶屋たちは東京にもどり、警視庁についたところで解散した。

茶屋は、今川管理官に会った。

「しばらくぶりですね」

そういった今川の頭には白い筋が何本か光っていた。

茶屋が知りたいのは、ＡＩＰＣａｒｏｌを服用して亡くなった男性の身辺情報だった。

「すでにマスコミにも公表していることなので、お教えしますが、個人の秘密に関する情報もふくまれています。扱いには気をつけてください」

管理官は、パソコンの画面に死亡した男性のデータを呼び出した。
1．延岡光一郎《のべおかこういちろう》・四十八歳、住所・愛知県豊橋市《とよはし》　職業・豊橋市の亀岡物産《かめおかぶっさん》副社長。
延岡は本年六月十日、渥美《あつみ》半島先端の恋路ケ浜《こいじがはま》ホテルに、三泊の予定で女性のＮ・Ｋ（二十五歳）とチェックインした。二人は風光明媚《ふうこうめいび》な観光地であるのに外出せず、朝と夕の食事をホテルで摂《と》っていた。ホテルの便箋に沖を通る船をスケッチしていたから、青い海原を眺めていたことが想像された。

三泊目の夜九時ごろ、同伴者のＮ・Ｋがフロントへ、『彼が倒れて、苦しがっています』と電話で訴えた。延岡はトイレから部屋へもどったところで倒れ、胸を押さえて不規則な呼吸をしているということだった。ホテルは診療所の医師を呼んだ。自宅にもどっていた医師は四十分ほどしてホテルに着き、ただちに六二二号室へ飛び込んだ。洗面所に倒れている男の脈と血圧を測ったが、三分と経《た》たないうちに呼吸がとまった。

医師はN・Kに、延岡は興奮剤のような物を服《の》んだのではないかときいた。彼女は、たしかになにかを服んだと思うと答え、行為がそれまでとちがって著しく激しかったといった。

延岡は異常死であることから遺体は名古屋《なごや》市の大学で解剖検査された。死因は狭心症や心筋梗塞《こうそく》に似た心臓発作だが、あたかも体内の血液が外へ逃げ出そうとしているかのような特異な症状を呈していたという。

2. 宇都宮正章《うつのみやまさあき》・五十二歳、住所・東京都杉並《すぎなみ》区、職業・台東《たいとう》区東上野の光《ひかり》貴金属社長。

宇都宮は本年六月三十日、静岡県の寸又峡温泉の緑河荘《りょくがそう》ホテルに三泊の予定で、女性のK・H（二十六歳）とチェックインした。三泊した次の日の朝、もう一泊することを電話で告げたが、その電話の約一時間後、女性からフロントへ、『彼がベッドから転げ落ちて、胸を掻《か》きむしるようにして苦しがっていますので、早く』と電話で訴えた。フロント係はすぐに一一九番通報した。十二分後に到着した救急車は、宇都宮を島田市内の病院へ搬送したが、到着三分後に息を引き取った。狭心症による心臓発作と判断された。

医師は同伴者のK・Hに、宇都宮は興奮剤のような物を服用したかときいた。彼女は、服んだようだったと答え、行為がいつになく、荒々しかったと答えた。

宇都宮の遺体は監察医務院で死因について詳しい検査を受けた。その結果、血液から強壮作用を起こす物質が検出された。それは「RGX」の記号で呼ばれている〝危険物質〟だった。

警察が、宇都宮が滞在していた部屋と持ち物を検べたところ、鞄から小さな透明の四角いプラスチックケースが見つかった。ケースには「AIPCarol」の刻印があった。それはアメリカのインディアナ州のキャロルという女性薬剤師が発案した薬物で、健康な人なら、水分を摂取していれば五日間は固形物を摂らなくても、激しい運動や労働に耐えられるとうたわれている錠剤だった。

3. 室町秀樹《むろまちひでき》・五十二歳、住所・静岡市清水区《しみず》、職業・不動産売買。室町は本年七月十四日、静岡県榛原《はいばら》郡吉田町《よしだちょう》の大井川ホテルに女性のS・K（二十六歳）とチェックインした。二人は二泊の予定だったが、二泊すると一泊を追加し、さらに一泊を追加し、同じ部屋で四泊を過ごした。四泊を過ごした朝六時、『彼は唸り声を上げ、胸を掻きむしって苦しがったあと動かなくなりました。早く見にきてください』と、S・Kはフロントに電話した。フロント係と事務社員が五〇八号室へ駆けつけた。すると女性はバスタオルを胸に抱えて洗面所で震えていた。ベッドの上の男性は仰向《あおむ》けで目を開けているが身動きしなかった。名を呼んだがなんの反応もなかった。そこで、死んでいると判断した二人の従業員は事務室から警察に電話した。

検視医も男性の死亡を確認し、遺体は静岡市の大学の法医学教室へ搬送され、死因の検査を受けた。死因は狭心症による心臓発作と診断された。

大井川ホテルの所轄の牧之原《まきのはら》警察署は、室町秀樹の所持品を検べ、同伴者のS・Kからも事情をきいた。彼女の話から室町は、ホテルに入った最初の日の夕方、白いカプセルの薬なのかサプリメントなのかを、一錠服用したことが分かった。そのカプセルは透明の小さなケースに入っていたのを、彼女は思い出した。

延岡光一郎、宇都宮正章、室町秀樹の三人の死因は酷似《こくじ》していた。三人はいずれも年齢の若い女性と一緒に複数日をホテルで送っていた。三人の働き盛りの男性は、ホテルにチェックインした後、錠剤を服んでいた。その錠剤は一年ほど前に日本に持ち込まれ、一錠三十万円から五十万円で売られていることを、警察庁は記録にとどめ、違法薬物のリストに加えていたのである。

ホテルに女性と滞在していた男三人が同様の死に方をしたことから、「ＡＩＰＣａｒｏｌ」の流通ルートをさぐっていたが、売買した人物の特定にはいたっていなかった。三人と同様の死に方をした人がいたかもしれないが、警察には報告例は入っていないようだ。聖岳に登るはずだった若松和重が、危険な違法薬物を所持していた。彼はそれを服用するつもりだったのだろうか。いずれにしろ彼は、流通ルートの一点にいた人物ではないかと警察はにらんだ。

4

翌日茶屋は、七月に吉田町の大井川の河口が見えるホテルで死亡した室町秀樹の自宅を訪ねた。

そこは静岡市清水区入江新富町《いりえしんとみちょう》というところだった。ＪＲ東海道本線と静岡鉄道の入《い》江岡《えおか》駅の近くの住宅街。室町家は内科医院の横で、背の高い木塀に囲まれていた。

インターホンを押すと少し間をおいてから女性の声が応えた。庭には犬がいて一声吠《ほ》えた。庭の内側で足音が近づいてきて、くぐり戸がカチッと鳴った。戸締りは厳重になされているようだった。

「どうぞお入りください」

といったのは、室町の妻の久子《ひさこ》だった。彼女は五十歳のはずだったが若く見えた。

茶屋は庭に入ってから彼女にお悔《くや》みを述《の》べ、どうしてもききたいことがあったので訪ねたのだといった。

「茶屋さんは、新聞や雑誌に、旅での出来事をお書きになっていらっしゃいますね」

「はい。あちこちに」

玄関の前には、紫《むらさき》の桔梗《ききょう》の花が音がするようにいくつも咲いていた。

茶屋は、室町が営《いとな》んでいた事業と、交友関係を知りたいと妻にいった。

「この先の大曲《おおまがり》というところに室町興産という小さな会社があります。主人が社長で社員が六人います。そこがやっている事業は、土地やビルなどを買って、転売することです。主人はその会社を二十歳のときに始めました。わたしたちが結婚したのは彼が二十五のときでした。小さな古いアパートに住んでいたのですが、六、七年後に彼は、大曲に五階建てのビルを建てました。それから五年後に、この家を土地ごと買って、少し改築したり、庭をきれいにととのえました。……結婚二年目に、わたしは女の子を産みました。その娘は去年、市役所に勤めている人と結婚して、高橋町《たかはしちょう》に住んでいます」

久子は少し早口で喋《しゃべ》った。

「現在こちらには、奥さまだけが……」

「主人の母がいます。七十七歳です。毎日、からだのあちこちが痛いといって、今日も病院へいっています」

「お隣が内科のお医者さんですが……」

「二年ぐらい前まで診《み》ていただいていましたけど、ちっともよくならないので、内科でなくてヤブ科だと悪口をいって、いまは診てもらっていません」

久子は、内科医院のほうへちらりと目をやった。

「ご主人は、働き盛りでしたのに」

「働き盛りで、元気なのがいけなかったんです。恥ずかしいところで、恥ずかしい死にかたをしたものです。茶屋さんは、室町が死んだ様子をご存じなんですの」

「いいえ、詳しいことは……。女性の方とご一緒だったとだけは」

「それが恥ずかしいんです。妻がいるのに、若い女をつくって、ホテルで幾日も……。少しばかりお金が自由になるので、女の人がいる店でお酒を飲むのは分かりますけど、幾日も一緒になんて。恥ずかしくて、わたしは外へ出られません」

久子は唇《くちびる》を嚙《か》んだ。

「室町さんは、特殊な薬物を服用したのが原因で、お亡くなりになったといわれています。奥さまは、その薬物を取り扱っている方をご存じですか」

「知りません」

「室町さんは、お友だちが多い方でしたか」

「少ないほうだと思います。わたしが知っている主人の友だちは、二人きりです」

茶屋は、その二人の氏名と連絡先を教えてもらえないかといった。

久子は、教えてもいいものかを迷うような表情をしたが、奥へ引っ込んだ。

外で犬がまた吠えた。犬に向かって話しているらしい女性の声がして、玄関ドアが開いた。

「あら、お客さまでしたか」

そういったのは杖《つえ》をついた老女だった。室町の母だと分かったので、茶屋は挨拶した。

母親は杖を持ってはいたが、足腰はしっかりしているらしく、白い靴を脱いで廊下の奥へ消えた。

久子は、「お待たせしました」といってメモを手にしてもどってきた。

メモには、立花清彦《たちばなきよひこ》と田川澄男《たがわすみお》という名と、それぞれの電話番号が端正な字で書いてあった。二人と室町は小学生のころからの仲よしだったらしいという。

「立花さんは、鉄道に勤めています」

「鉄道とおっしゃると、JRですか」

「はい。どこの駅なのか知りませんが、JRの駅に勤めているようです。田川さんは、清水のきよみ製薬という会社の役員をなさっているそうです。……室町はその二人と、年に何回かはお酒を飲んだり、旅行をしたりしていました。海外にも行っていました」

　三人とも健康で余裕のある中年だったようだ。

「奥さまもご主人と、海外へいかれたことがあったのでは……」

「ハワイへ二度、連れていってくれました。二度目は娘も一緒でした。それから、五年前に、神戸から大きなクルーズ船に乗ったことがありました。映画はやっているし、ダンスパーティーはやるし、ゲームはあるし、毎日の料理はおいしかったけど、わたしは退屈でした。右も左も海で、景色というものがないんです。外国の人とお酒を飲んだり、うたったり踊ったりしている人たちがいましたけど、わたしは飽きてしまい、フィリピンに着いたとき、からだの具合が悪くなって、船を下りて、飛行機で帰ってきてしまいました」

「ご主人もご一緒に……」

「主人には、いってみたいところがたくさんあったようでしたけど、わたしを独りで帰国させるわけにはいかなかったので、しかたなさそうに……」

　久子は、お茶を飲んでいってくださいといって、茶屋を洋間へ通した。白い壁には大きな長方形の油絵がかかっていた。それはフェルメールの「窓辺で手紙を読む女」だった。画面の左から差している光に手紙をかざしている女性の姿は、いい知らせを受け取ったのではないのか、どこか寂しげである。

紅茶を盆にのせてきた久子は、絵を見ている茶屋を数呼吸のあいだ観察していたようだ。


室町家を出て、清水港のほうへ向かったところで、田川澄男の番号にかけた。

田川はすぐに応答した。茶屋は、七月に亡くなった室町秀樹についてききたいことがあるので会いたいと告げた。

田川は、「分かりました」といってから、いま会議が始まるところなので、一時間後にしてもらいたいといった。会社は清水駅の近くで、そのすぐ近くの河岸《かがん》に「エスパル」というカフェがある。そこでと落ち着いた声でいった。

茶屋は時間潰しに清水港の岸壁に立った。赤レンガの建物が長く延びていて、トラックに荷物を積み込んでいる作業員の姿があった。

岸壁の端には赤いクレーンが立っていて、黒い作業船も見え、屋根から白い煙を出している工場も目に入った。ここは折戸《おりど》湾で、腕を曲げたような格好の三保《みほ》に抱かれている。湾の対岸は工場群で、そこにもクレーンが何基も立っている。半島の先端には清水真崎《まさき》灯台がある。その先に、富士山が海に浮かぶように眺められた。

カフェには男女の客が一組いただけだった。茶屋は海が見える窓ぎわの席を選んだ。十分ほどすると黒縁《くろぶち》のメガネの男がやってきた。田川だった。彼は茶屋の名を知っており、作品をいくつか読んでいるといった。

「茶屋さんが、どうして室町のことをお調べになっていらっしゃるのですか」

田川はメガネの縁に指をあててきいた。

「田川さんは、室町さんの死因をご存じなんですか」

「大井川ホテルで心臓発作を起こして死んだ。室町は女性と一緒に泊まっていた。女性とはげみすぎたのが発作の原因だったようですが……」

田川は、室町が危険薬物を服んだことを知らなかった。妻の久子は、警察から説明を受けたであろうことを、話していないようだ。

「ＡＩＰＣａｒｏｌという薬物をご存じでしょうか」

「知りません。薬物というと、危険なものを想像しますが」

「きわめて危険な代物です。水さえ飲んでいれば、五日間は固形物を摂取しなくても、激しい運動や労働に耐えられるといわれている薬物です」

「ほう。それを、室町が常用していたとでも……」

「常用はしていないでしょうが、女性とホテルに入った後に服んだそうです。室町さんはホテルに四泊した朝、狭心症による心臓発作を起こして、亡くなられたんです。……その薬物はアメリカから入ってきたものらしくて、室町さん以外にも複数の男性が、同様の発作を起こして亡くなっているんです」

「室町の奥さんは、私が彼の死因についてきいたとき、なんとなく曖昧《あいまい》な答えかたをしていました。危険な薬物を服んでいたなんて、いえなかったんですね」

田川はポケットからペンを取り出すと、ＡＩＰＣａｒｏｌとメモした。

「室町さんは、その薬物をどこからか手に入れたんです。そういう物を取り扱っていそうな人を、田川さんはご存じでしょうか」

「さあ、心あたりは……」

田川は眉間《みけん》に皺《しわ》を立てて首をかしげていたが、室町と一緒にホテルに滞在していた女性が、その薬物を持っていたのではないかといった。

「それは考えられることです。田川さんは、室町さんがお付き合いしていた女性をご存じですか」

「知りません。警察は、室町と一緒にいた女性の身元を知っているでしょうか」

「知っているはずです。室町さんが亡くなったとき、ホテルにいたのですから」

茶屋がいうと田川は天井に目を向けて考え顔をした。心あたりの女性を思い出そうとしているようだった。

「室町さんは、お酒を召し上がる方でしたか」

「強いほうではありませんが、ちょくちょくバーのような店へ飲みにいっていました」

田川は、室町が飲みにいっていた店を二軒知っているといった。

「清水ですね」

「清水の繁華街の店です。静岡にも行きつけの店がありました。私と飲みにいくたびに料金を室町が払うので、肩身の狭い思いをしていました」

室町が飲みにいっていたどの店にも女性はいたが、彼と特別な間柄だろうと思われる女性はいなかったような気がすると田川はいった。

田川は、清水区銀座《ぎんざ》の二軒のバーの位置をメモしてくれた。

「田川さんがお勤めになっているきよみ製薬さんは、どういう薬品を扱われているんですか」

「昭和初期の創業の会社で、風邪薬が主力製品です。それから魚の骨が原料の健康サプリメント。これは評判がよくて、売れています。最近になって頻尿の高齢者に効《き》くサプリメントをつくっていますが、正直にいって、評判はあまりよくありません」

彼は目を細めて薄笑いを浮かべた。

5

田川澄男と別れると、茶屋はＪＲ勤務の立花清彦に電話した。

立花は活発な性格なのか、わりに大きな声で応答し、静岡の運行管理部という部署にいると答えた。茶屋は、立花に会うために電車に乗り、十五分ほどかけて静岡へ移った。

立花は体格のいい男だった。ワイシャツがはじけそうな腹をしていた。会社とは無関係の用件なので、外で会いましょうと立花はいって、隣接ビルの地階のカフェへ入った。クリーム色のテーブル席は鉢植えの植木で仕切られていた。

立花は、茶屋の名も職業も知らなかったといったので、主に雑誌に紀行文を書いていると自己紹介した。

立花は、なぜ室町秀樹の死亡について調べるのかときいたので、茶屋は逆に、室町の死因を正確に知っているかと尋ねた。

「室町の奥さんから、心臓発作を起こしたとききました。大井川のホテルに女性と宿泊していたことも。室町には持病はなかったようだし、丈夫でしたが、女性と一緒だったので、頑張りすぎたんじゃないかと思いますが、死因になにか疑わしい点でもあるのですか」

立花は、コーヒーの白いカップをつかんできいた。

「では、室町さんが、危険な薬物を服んだことはご存じなかったんですね」

「危険な薬物……。それは一体どういう……」

茶屋は、ＡＩＰＣａｒｏｌの特性を話した。

「五日間、水だけで……。それがそのとおりだとしたら、劇薬じゃないですか」

立花は目を丸くした。

「劇薬です。そのせいで亡くなったんです」

「そんな物を、あいつ、どこから仕入れたんだろう」

「そのルートをさぐっているんです。どこのだれから買ったか、もらったか」

「それは高価なんですか」

「一錠三十万円から五十万円だそうです」

「室町以外に、服んだ人がいたでしょうか」

「警察が把握しているのは、室町さん以外に二人です。その二人も室町さんとよく似た発作を起こして、亡くなっているということです」

「その二人も女性と一緒でしたか」

た。

「何日間も一緒でした」

茶屋は、室町が親しくしていた女性を知っているかときいた。

立花は、太い腕を組むと目を瞑っていたが、大井川ホテルに一緒に泊まっていた女性の名は分かっているのかと、目を開いてきいた。イニシアルのS・Kしか分かっていないというと、それはすずむらかなこではないかといって、メモ用紙に「鈴村香那子《すずむらかなこ》」と書いた。

どういう女性かときくと、何年か前まで清水の司法書士事務所に勤めていて、室町の依頼で不動産登記簿の閲覧などをしていた。室町と立花は鈴村香那子と一緒に何度か食事をしたことがあった。彼女はいつの間にか司法書士事務所を辞めたので、結婚したのではないか、と立花はいった。

「鈴村さんという女性は、いま何歳ぐらいですか」

「二十八か九ではないでしょうか。彼女のお父さんはたしか銀行に勤めているときいた憶えがあります。彼女のことなら室町の会社の社員が知っていると思います」

室町の死後、室町興産は、中込《なかごめ》という四十代半ばの男が引き継いでいるらしいという。

室町は何者かからAIPCarolを買ったにちがいない。その効果を試したくて、S・Kという女性と大井川ホテルに滞在したのだろう。

そういう危険薬物を扱っていそうな人物に心あたりはないか、と茶屋はきいたが、立花は首をかしげただけだった。

立花と別れると茶屋は、大曲の室町興産を訪ねた。そこはベージュのレンガを積み重ねた五階建てのビル。室町興産は一階で二階以上には歯科医院、建築設計事務所、弁護士事務所などが入っていた。

ドアをノックして、「お邪魔します」といって入ると、すぐに面長《おもなが》の若い女性が出てきた。茶屋は名刺を渡した。

「茶屋次郎さん」

女性は肩書が刷られていない名刺をじっと見てつぶやいた。

茶屋が、代表者の方に会いたいと告げると女性は、茶屋の顔と名刺を何度も見比べるようにして、なにもいわずに衝立《ついたて》の向こうへ消えた。女性は、茶屋の名前ぐらいは知っていたようだ。

小さな話し声がして、瘦《や》せぎすの四十半ば見当の男が女性から受け取った茶屋の名刺を手にして出てきた。茶屋は、亡くなった室町社長についてききたいことがあるといった。

「いま社員からききましたが、茶屋さんは、新聞や雑誌に、旅先での話をお書きになっている方ですか」

茶屋が、そのとおりだと答えると、男は名刺を出した。中込修平《しゅうへい》という名で肩書は室町興産専務となっていた。

茶屋は、この会社を運営していた室町秀樹に対してのお悔みを述べた。

中込は、白いテーブルを据えた応接室へ招いた。壁には海に沈みかかっている真っ赤な夕陽と、黒褐色《こっかっしょく》の帆船の絵がかかっていた。

茶屋は、室町の死因を知っているかと中込にきいた。

「人に話すのがはばかられるような場所で、恥ずかしい死にかたを……」

中込は、苦虫を嚙んだような顔をした。女性と一緒だったことを指しているようだ。

「服んだら死ぬような危険な薬物を売りつけた人物がいるんです。私はその人をさがしています。お心あたりがありますか」

茶屋がいった。

「室町は、危ないものを服んだのですか」

「ＡＩＰＣａｒｏｌという、きわめて危険な薬物をお服みになったことが分かっています。だれかから買ったんでしょう」

「そんな物を買うほうも買うほうです。売った人間は、危険性を知っていたでしょうか」

「知っていたでしょうね。室町さんのほかに二人の中年男性が亡くなっているのを警察はつかんでいます」

「茶屋さんは、詳しいですね」

「警察からの情報です」

「警察も、その薬物を扱った人をさがしているんですね」

「さがしています。……その薬物を服用して亡くなった男性は、いまのところ三人となっていますが、ほかにもいる可能性があります。たぶん死因が不明のままではないかと思います」

「私は、解剖を受けてもどってきた室町の顔を見ましたけど……」

中込は寒気をこらえるように肩を縮めた。

「どんなふうでしたか」

「まるで老衰で亡くなった人のようでした」

室町とホテルに滞在していた女性のイニシアルはＳ・Ｋだと、茶屋はいった。

「Ｓ・Ｋ……」

中込は、立花と同じようにイニシアルを繰り返していたが、

「わが社と関係があった女性ではないでしょうか」

と、首をかしげていった。

「それは、どなたですか」

「鈴村香那子といって、以前、司法書士事務所に勤めていた女性です。彼女と室町が……」

中込は眉間に深い皺をつくり、香那子は洋装店で働いているときいたことがあったといった。

「洋装店は、市内ですか」

「市内だと思います。私はその店を見たことがないので、どこでどんな物を扱っているのか知りません。……S・Kが鈴村香那子だとしたら、彼女が経営している店は、室町が出してやったことが考えられます」

茶屋は、香那子の性格をきいた。

「器量は十人並みといったところです。口数が少なくて、穏やかです。この会社の仕事をしているとき、彼女から料理をつくるのが趣味だときいた憶えがあります」

香那子の住所は、巴川《ともえがわ》沿いの江尻台町《えじりだいまち》だときいたことがあったという。

中込は、最近の香那子のことを社員が知っているかもしれないといって、応接室を出ていった。十分ほどしてもどってきたが、社員は、香那子が司法書士事務所を辞めてからのことは知らないといったという。

茶屋は香那子の住所を正確にきいた。中込はなにかを見てくるといって、また部屋を出ていった。

室町興産に記録されている住所は、やはり江尻台町だった。父は銀行員で、彼女には弟が二人いるという。

「室町さんのお葬式に、彼女はきていましたか」

「葬式は身内と社員だけですませました。彼女はいなかったはずです。社員のだれかが、社長と一緒にいたという女性はこないのかっていっていましたが、その人は体裁を考えて、会葬はできなかったと思います。……茶屋さんは、彼女に会いに行かれますか」

「そのつもりです。警察の記録にあるＳ・Ｋは別人かもしれません」

中込は、別人であって欲しいといった。

三章　殺人剤

1

「鈴村」という小さな表札の出ている家は古い木造二階屋だった。窓からは灯《あか》りが漏れていた。主婦は夕餉《ゆうげ》の支度《したく》に追われていそうだったが、茶屋はインターホンに呼び掛けた。

鈴村香那子さんに会いたいのだが、というと、母親らしい女性が、

「香那子は東京におります」

といった。

どうしても会わなくてはならないので、住所か電話番号を教えてもらえないかというと、本人にきいてから連絡するといって、逆に電話番号をきかれた。茶屋は番号を教えて、家の外でしばらく返事を待った。

十分ほどすると、本人が電話するといっていると母親は電話口でいった。茶屋は当然の返事だと思った。香那子は電話をしてこないのではと思ったところへ、

「鈴村ですが」

と電話があった。

「お会いして、うかがいたいことがあるんです。大事な用事です」

「どんなことなんですか」

「お亡くなりになった、室町秀樹さんに関することです」

「室町社長は、お亡くなりになったんですか」

意外な返事だった。

「今年の七月に亡くなりましたが、あなたはご存じでなかった……」

「知りませんでした。まだお若かったのに、ご病気でも」

「いいえ。とてもお元気だったと思います。あなたは、ほんとうに室町さんが亡くなったのを知らなかったんですか」

「はい。わたしは清水の司法書士事務所に勤めていて、室町興産に頼まれた仕事をしていましたけど、二年前にその事務所を辞めました。半年ほど洋装店で働いたのですが、いまは東京でべつの仕事をしています」

茶屋は自分の思い込みを後悔した。電話を切りかけたが思い付いて、室町の知り合いでイニシアルがS・Kの女性に心あたりはないかときいた。

香那子は少し考えていたようだが、知っている女性が二人いるといった。室町がたびたび飲みにいっていた清水のスナックに、杉山克美《すぎやまかつみ》と鈴木佳子《すずきけいこ》という店員がいたらしい。そのスナックへは室町に何度か連れていってもらったと香那子は答えた。それは「パレット」という店で、イニシアルがS・Kの二人は、現在も勤めているのではないかという。

茶屋は、清水の繁華街でパレットという店をさがしあてた。濃い茶色の重いドアを開けると男の歌声がしていた。

小柄な若い女性が出てきて、「お独りですか」ときいた。

茶屋は、カウンターへとまってビールを頼んだ。この店には五十代に見えるママと女性が四人いることが分かった。

ママが、独りで入ってきた客の素性《すじょう》をうかがうような、いくぶん警戒するような目をして、ビールを注《つ》いだ。客は四、五人入っていて、耳をふさぎたくなるような節《ふし》まわしで演歌をうたっている。

茶屋は顔の大きいママにビールを注ぎ、一本飲み終えたところで、

「こちらには、杉山克美さんと、鈴木佳子さんという女性が勤めているときいてきたのですが」

といった。

ママは目付きを変え、なぜ二人の名を知っているのかときいた。

「ある男性の知り合いの、イニシアルがS・Kの人をさがしていたところ、こちらに該当《がいとう》する二人がいることが分かったんです」

「S・K……」

ママは口紅のはげた唇《くちびる》でつぶやいたが、

「鈴木佳子はいますけど、杉山克美は辞めました」

といった。

いつ辞めたのかをきくと、

「お客さんは、警察の方ですか」

と、きつい目になってきいた。

茶屋は微笑《ほほえ》んで名刺を出し、ある出来事を調べている。それにS・Kという女性が関係しているので、その人に会いたいのだといった。

ママは、茶屋のいったことを理解したのか、首をかしげて、

「克美は、二か月ばかり前に辞めました」

と、小さな声で答えた。

「では、鈴木佳子さんは今も勤めているんですね」

茶屋がきくとママは奥のボックス席を指差して、白いドレスの子が鈴木佳子だといった。

だみ声の男客の歌が終わったところで、ママは佳子を呼んだ。彼女は中背《ちゆうぜい》の痩《や》せぎすで、唇が薄く三十歳ぐらいに見えた。

茶屋の右隣に腰掛けた佳子に、室町秀樹を知っていたかときくと、たびたび飲みにきていた客だといった。

「室町さんは亡くなりましたが、知っていましたか」

「はい。急に亡くなったとききました」

「あなたは、室町さんと、特に親しかったのでは」

「いいえ。わたしではありません。二か月ぐらい前までここに勤めていた克美さんが、室町さんに誘われて、同伴で食事をしてきたことがありました」

「杉山さんは、なぜここを辞めたんですか」

「なぜなのかは、わかりません。店へ出てこなくなったので、ママが電話したら、辞めたいっていったそうです。からだの具合でも悪くなったんじゃないでしょうか」

「あなたは、杉山さんの連絡先を知っていますか」

「電話番号だけは知っています。かけたことはありませんけど」

茶屋は、その番号を教えてもらいたいといった。

すると彼女は、店が終わってから知らせるのでと、茶屋の電話番号をきいた。彼は名刺の裏にスマホの番号を書いて渡した。

茶屋は、ママや佳子と少し雑談をしながら薄い水割りを二杯飲んでパレットを出て、清水駅前のホテルへ向かった。小腹がすいた。きょうは満足に食事をしていなかったのを思い出し、赤い提灯《ちょうちん》を揺らしている小料理屋へ入った。入口に近いカウンターには二人、奥の小上がりに一組客が入っていた。

茶屋は、歯ごたえのあるはんぺんで日本酒を飲んだ。イカを焙《あぶ》ってもらうことにした。内ポケットで電話が鳴った。鈴木佳子からだろうと思って画面も見ずに応答した。午後十時二十分。

「先生は、いま、どこなの」

サヨコだ。あきらかに酔っている。

「静岡市清水区。おまえは、いまどこなんだ」

「コーバンだよ、コーバン」

「交番……。酒に酔って、どこかの店の大事な物でも壊した。それで、捕まって、交番で、頭を冷やせっていわれているのか」

「なにをうわごとみたいなことを。前に先生といったことがあるでしょ、道玄坂上《どうげんざかうえ》の『コーバン』っていう店」

「だいぶ飲んでるようだが、ハルマキも一緒か」

「一緒だよ。牧村さんも、一緒。牧村さんは一曲うたって、いまは眠ってる。口を半分開けて、子どもみたい。……先生は、なにしてるの」

「ひと仕事すんで、一杯飲《や》ってるところ。おまえたちは、いい加減にして帰れよ」

「牧村さん、ぐっすり寝込んじゃったら、どうしよう」

「顔に氷水でもぶっかけて、タクシーに押し込んでやれば」

「じゃ、そうするね」

サヨコはくしゃみをして、電話を切った。

茶屋がホテルへ入って、上着を脱いだところへ、鈴木佳子が電話をよこした。

彼女は、杉山克美の電話番号を教えてから、

「室町社長が亡くなったときいたときぐらいから、克美さんは店へ出てこなくなりました

けど……」

　彼女はあまり酒を飲んでいないのか、話し方はしっかりしている。

「室町さんは、事故で亡くなりました」

　茶屋はいった。

「事故。事故なら、新聞に載ったでしょうか」

「載らなかったと思います」

「なぜでしょうか。たとえば交通事故のような事故ではなかったということですか」

「薬物による中毒死でした」

「薬物……」

　彼女はつぶやき、室町の死亡原因でも調べているのかときいた。

「あなたは昼間、お勤めだといいましたが、お昼休みにでも会えないでしょうか」

「わたしは、自動車の販売会社で働いています。お客さまがおいでになっていなければ、勤務中でもお会いできますが」

　午前中にいってよいかときくと、

「午前中のほうがお客さまが少ないので、どうぞ」

　といって、国道沿いの勤務先の場所を教えてくれた。そして、胸でも押さえているような声で、「おやすみなさい」といった。

鈴木佳子が勤めているのは国産車の展示場だった。ガラス張りの展示場では黒とホワイトの新型乗用車二台が円盤の上でゆっくりと回転していた。

彼女の席もガラスケースのなか。彼女は見せもののように椅子にすわっていた。茶屋が入っていくと、左右をうかがうように首をまわしてから席をはなれてきた。

彼女は茶屋を黒塗りの車の横へ招いた。客との商談に見せかけたいらしかった。

「室町さんは、七月に、吉田町の大井川ホテルに宿泊中に亡くなりました」

茶屋が切り出した。

「ホテルで。……薬物による事故死だったということですが、それは、どんな薬物だったんですか」

「水さえ飲んでいれば、五日間ぐらいは頑張れるといわれている……」

茶屋は薬物について少し説明した。

「室町社長は、そのホテルに何日間か滞在していたんですか」

「ええ。女性と一緒に」

「女性と……」

「イニシアルが、S・Kの人とです」

「それが、わたしではと……」

「杉山克美さんが、室町さんと親しかったということでしたね。それに杉山さんは、室町さんが亡くなった直後ごろから店へでてこなくなった」

茶屋がいうと、佳子は顎《あご》に人差し指をあてて考え顔をした。

「室町社長は薬物を服《の》んだのが原因で亡くなったということでしたけど、その薬物は克美さんが与えたのでしょうか」

「そういうことも考えられるし、室町さんがだれかから買ったものかも」

「いずれにしろ、室町社長は、死にいたるような危険なものを服んだのですね」

「室町さんは、大井川ホテルに女性と二泊の予定で入ったんですが、二泊したあと一泊を追加して、三泊したあとまた一泊追加した。四泊のあとの朝、ベッドの上で急に唸《うな》り声を上げて、動かなくなったということです」

佳子は茶屋の顔から目を逸《そ》らすと、白いシャツの襟《えり》をつかんだ。

「茶屋さんは、室町社長を死に追いやった人がだれかを、調べていらっしゃるんですね」

「危険きわまりない薬物を、室町さんに売った誰かを……」

茶屋は佳子に、杉山克美の住所を知っているかをきいた。

「正確には知りませんけど、清水入江小学校のすぐ近くで、校庭で運動をしている生徒の声がきこえるときいたことがあります。……茶屋さんは、克美さんにお会いになるんですね」

「そのつもりです」

「克美さんは可愛いし、やさしい人です。人からものを頼まれると、いやだっていえない性格だって、わたしにいったことがありました」

佳子は唇を嚙《か》んでから、克美に会いたい、とかすれた声でつぶやいた。

2

杉山克美の家はすぐに分かった。佳子がいったとおり、その家は清水入江小学校の北側で、道路をへだてて校庭と向かい合っていた。教室の窓が開いていて、児童の合唱の声がきこえた。

ガラス戸の玄関へ声を掛けると、五十歳ぐらいに見える女性が戸を開けた。どこか病《や》んでいるように痩せていて、額《ひたい》に髪が垂れていた。それは克美の母親だった。

克美さんに会いたいのだがというと、

「あなたは、どなたですか」

と、にらむような目をしてきいた。

茶屋は名刺を渡し、新聞や雑誌にものを書いている者だが、克美さんに会ってききたいことがあるのだといった。

「克美は東京へいきました」

母親はいってから、あらためて茶屋の名刺を見直して、克美も渋谷にある会社に勤めているらしいといった。

茶屋は母親に頭を下げた。ガラス戸が音を立てて閉まった。


茶屋は渋谷の事務所へもどった。ハルマキが濃いコーヒーをいれた。

「調査は大変だろうけど、原稿も書いてください」

サヨコはパソコンの画面を向いたまま いった。

「ゆうべ、牧村さんは、大変だったんですよ」

ハルマキが丸盆を胸にあてていった。

「帰りたくないって、ぐずったのか」

「ひと眠りすると、『茶屋次郎がいないじゃないか、茶屋はどうしたんだ』って、周りを見まわしてから、『茶屋は階段を踏みはずして、死んだかも』っていって、さがしにいって、牧村さんが階段を踏みはずして、踊り場まで転げ落ちたんですよ」

「怪我《けが》をしただろう」

「しなかったみたい。動かなかったんで、死んだのかと思ったら、十分か十五分、じっとしてて、そのうち階段を自分で下りて、ちょうど走ってきたタクシーに乗っていきました」

ハルマキは表情を変えずにいった。

「踊り場で動かなくなっていた牧村に、おまえは手を貸さなかったのか」

「蛙《かえる》を踏み潰したような格好で、気持ちが悪いじゃないですか」

十分か十五分のあいだ、じっと見ていたようだ。

「『女性サンデー』へ電話しろ。打ちどころが悪くて、彼は……」

ハルマキは流し台に寄りかかって、電話をかけた。牧村と話していたようだが二分ぐらいで会話を終えた。彼女は茶屋のデスクの前へきて、

「牧村さん、ゆうべのことを憶《おぼ》えていないようです。階段とか、怪我って、なんのことだっていいました」

茶屋はノートのメモを見て、杉山克美の電話番号をプッシュした。呼び出し音が六、七

回鳴って、「はい」と低い声が応じた。茶屋は名乗って、杉山克美本人かを確認した。

「茶屋次郎さんて、『女性サンデー』に、遠方の川のお話を書いていらっしゃる茶屋さんですか」

克美の声は低くてやさしげだった。

「そうです。先般《せんぱん》は木曽川の話を書きました」

「毎週読んでいました。姉と弟が、神社の絵馬で連絡を取り合っていたところを読んで、ほろりといたしました。……その茶屋さんが、わたしに、なにか……」

会って、話したいことがある、と茶屋がいうと、彼女は少し迷ったのか黙っていたが、夕方六時以降なら会えると答えた。茶屋は自分の事務所の所在地を教えたが、都合のよい場所を指定してくれればそこへいくといった。

「事務所へおうかがいします。六時半になると思います」

克美は、礼儀を心得ていそうないいかたをした。

「どんな女かしら」

サヨコだ。

「そんないいかたをするな」

茶屋が叱《しか》った。サヨコが道を歩いていれば、何人かの男は彼女に見とれて足をとめる。

車はスピードを落とす。が、ときどき品位にかけたもののいいかたをする。

「その方が見えたら、なにを出しましょうか」

ハルマキがきいた。

「紅茶を出してくれ」

午後六時三分すぎに茶屋事務所のドアが開いた。杉山克美は、一歩入ったところで頭を下げてから、部屋のなかを見まわした。

サヨコが椅子を立って、

「どうぞこちらへ」

と、応接用のソファをすすめ、克美の全身に目を這《は》わせた。

克美の身長は一六〇センチぐらいで細身だ。胸にリボンのついたクリーム色のブラウスに紺地のスカート。靴《くつ》は踵《かかと》の低い黒。グレーのバッグには飾りはなかった。顔はタマゴ形で、茶色がかった瞳は輝いている。胸は薄いほうだった。警察の記録ではＳ・Ｋは二十六歳だ。

彼女はまた一礼してからソファにすわった。

茶屋は、わざわざきてもらったことの礼をいった。

ハルマキが白いカップの紅茶を、克美と茶屋の前へ、音を立てずに置いた。克美は、不思議な物でも見るような目つきでカップの紅茶に眼差《まなざ》しを向けていた。

「立ち入ったことをうかがいます」

茶屋がいうと、克美は少し目を伏せた。

茶屋は、紅茶を一口飲んだ。

「七月に、大井川ホテルへ室町秀樹さんと泊まったのは、あなたでしたね」

茶屋は声をやわらげてきいた。

克美の首が縦に動いた。

「四泊なさった朝、室町さんは不幸な死をとげたそうですが、その原因を、あなたはご存じですね」

彼女は数分のあいだ目を伏せて黙っていたが、肩を少し揺らしてから、室町社長の求めに応じて、四泊もしたのが悪かったのだと答えた。

「室町さんは、ＡＩＰＣａｒｏｌという薬物を服用した。その効果は顕著《けんちょ》で、四泊もする結果になった。あなたが悪いのではありません。室町さんがそういう薬物を服用したのが、直接の原因だったんです。その薬物を室町さんはどこかで手に入れた。私はそういう物を扱っている人を知りたいのです。あなたはご存じですか」

茶屋は少し下を向いている克美の顔をじっと見つめながらきいた。

「知りません」

「室町さんは、その薬物を、ホテルに入ってから服んだと思いますが、服むところを、あなたは見ていましたか」

「室町社長は、洗面所で服んだようでした。空になった小さなケースのような物を見せて、笑っていたのを憶えています」

「不動産業の室町さんは、いろんな業種の方と交流があったと思いますが、室町さんが親しくしていた人をあなたは知っていたでしょうね」

「二人知っています。一緒に食事をしてからパレットへいったことがありましたので」

その二人の氏名と職業をきいた。

「一人は水崎《みずさき》さんといって、清水区内にいくつかビルを持っている方。もう一人は小芝《こしば》さんというお名前で、奥さまが料亭をやっていらっしゃるときいていました。室町社長とそのお二人とはとても親しそうで、冗談をいい合っていました」

水崎も小芝も六十代に見えたという。克美は二人のフルネームも住所も知らないが、室町興産では知られているはずだと彼女はいった。

そういってから彼女は、外国人の男性を一人思い出したといった。

「外国人。どこの国の人ですか」

「アメリカ人だと思います。社長は、パウエルと呼んでいました。三十代半《なか》ばぐらいでした。身長は一八五センチだときいたことがあります。二十代のときボクシングをやっていたそうです。パウエルさんとは社長のお伴《とも》で、二回ほど食事をしたことがありました」

「パウエルさんの職業はなんでしたか」

「たしか貿易会社に勤めているときいた憶えがあります。少したどたどしいですけど、日本語が上手でした」

パウエルのフルネームも、住所も、勤務先も克美は知らないといった。

茶屋は、克美のいったことをメモした。

「現在、あなたはどこに勤めているんですか」

茶屋は、紅茶を飲み干した。

「ビル管理の会社です。ビルの保守や補修や清掃を請け負っていて、それの手配事務を担当しています」

七月末に上京して、ハローワークの紹介で就職したのだといった。住所は、会社が借り受けているアパートで、やっと東京暮らしに慣れたところだと、わずかに頰《ほお》をゆるめた。

「きのう清水で、お母さんに会いましたが、ご家族は……」

「清水の船会社に勤めている弟が一人います。父は外洋漁業の船に乗っていましたけど、船上で病気にかかって、わたしが高校生のときに死にました。父がいなくなると母が病気がちになって、病院通いをしています。ほんとうはわたしが清水にいなくてはいけないのですけど」

克美は顔を伏せた。

彼女は、室町から経済的援助を受けていたのではないか、と茶屋は想像した。つまり愛人だ。清水にいたときの克美は、昼間は働いていなかったという。

茶屋は時計をちらりと見て、このあと一緒に食事をしないかと誘った。

「ありがとうございます」

克美はにこりとして頭を下げた。夜の予定はないようだった。

サヨコとハルマキを誘って、近くの小料理屋へいき、四人でテーブルを囲んだ。酒を飲めるかと克美にきくと、

「少しは」

と、控えめないいかたをした。

突き出しは、身欠《みがき》ニシンの山椒《さんしょう》焼き。

「この店は、津軽《つがる》料理なんです」

茶屋がいって、青森の日本酒を克美の盃に注いだ。

「津軽……」

克美は、盃を口に運ばずテーブルに置いて顔を伏せた。肩が震えている。バッグを膝《ひざ》にのせるとハンカチを取り出して口にあてた。茶屋も、サヨコもハルマキも、盃を持たず箸《はし》に手をつけず克美に注目した。

克美は、

「すみません、ちょっと思い出したことがあって……」

と、ハンカチで目を拭《ぬぐ》った。気を取り直したように盃を持った。四人は盃を持ち直して、乾杯をした。

「去年の春先に、室町社長に連れられて、津軽半島へいきました。岬に立って雪が強い風のせいで真横に降る海を眺めていました」

「なにか、目的が」

「いいえ。社長が、急に、雪景色を見たいといったんです」

克美は、盃を持って目を細めた。

3

茶屋はふたたび清水の室町興産を訪ねて専務の中込に会った。

「私はきのう東京で、杉山克美さんという女性に会いました」

茶屋がいうと、彼女のようすはどんなふうだったかと中込はきいた。克美は社長の室町と大井川ホテルに滞在していて、室町の最期を目《ま》のあたりにした女性だったので、中込にとっても関心のある人なのだろう。

「淑《しと》やかで、男性に好かれそうな人でした」

現在は会社勤めをしている、と茶屋は答えた。

その克美から、室町が親しくしていた三人のことをきいたので、正確な氏名と住所などを知りたいと茶屋はいった。その三人は、水崎、小芝、パウエル。中込は、分かると思うといって応接室を出ていった。

中込は十数分してもどってきた。

「水崎茂《しげる》さんは、清水の大手《おおて》、巴町《ともえまち》、入船町《いりふねちょう》などにビルを所有している日《ひ》の出《で》物産の社長です。……小芝基成《もとなり》さんは江尻東《えじりひがし》で『舟《ふな》よし』という料亭を経営しています。舟よしは奥さんが女将《おかみ》として切り盛りしているので、旦那の基成さんは毎日、将棋や麻雀を、まるで仕事のようにやっているんです。……ドナルド・パウエルさんは、東京・中央区《ちゆうおう》のシュナイダー貿易の社員です。海産物の買い付けに清水へきているうちに室町と知り合いになった。清水の巴町には会社の出張所がありますので、彼はたびたびそこへきています」

その三人には、違法薬物を取り扱っているような雰囲気はないか、と茶屋は中込にきいた。

「ないですね。私は三人と会ったことがありますが、そんな話などをきいたことはありませんでした」

茶屋は、室町と親交があった三人に会うことにして、先《ま》ず巴町のビルに入っている日の出物産を訪ねた。そのビルは古くて、壁は変色していた。二階の日の出物産のドアも古びた茶色で、ノブだけが金色に光っていた。

社長の水崎茂は、パソコンの画面に向かっている若い社員の横に立っていた。背が低く、丸顔で、太っている。長い眉毛《まゆげ》が特徴的な六十代だ。

茶屋が名刺を出して名乗ると、

「どうぞこちらへ」

といって、応接室へ通した。その壁には煙を吐きながら赤い鉄橋を渡っているSLのパノラマ写真が額に収まっていた。石河原から列車を見ている少年は白い半袖シャツだ。

ソファにすわると茶屋はすぐに本題に入った。

「私は親友を妙なかたちで亡くしました」

水崎は低い声で室町秀樹のことをいった。

「水崎さんは、室町さんの死因をご存じなのですね」

「人から、服んだ薬が悪かったらしいとききました」

「そのとおりだったんです。わたしがお訪ねしたのは、室町さんが、だれからその有害な薬物を手に入れたかのお察しがつくのではと思ったからです」

茶屋は水崎の毛虫のような太い眉を見てきいた。

「さあ、私には……」

水崎は太い首をかしげ、その薬物は外国製かときいた。

「アメリカで開発されたもので、男性が服用するとその効果はてきめんということです」

「私は、アメリカ人を一人知っていますが、そういうものを扱っているかな。その薬物を扱うのは犯罪ですか」

「違法薬物ですので、犯罪です。水崎さんのご存じのアメリカ人は、ドナルド・パウエルさんですか」

「そうです。東京のシュナイダー貿易という会社の社員です。ここの近くにその会社の出張所があって、そこへはしょっちゅうきています。……電話してみましょうか」

茶屋がうなずくと、水崎はテーブルの上の電話機を引き寄せた。

水崎は電話に応じた人に、パウエルさんはいるかときいた。

ちょうどパウエルはいて、水崎の電話に応えた。

「ちょっとあんたにききたいことがある。手がすいていたら、うちへきてくれないか」

と、親しそうないいかたをした。

パウエルは日の出物産へきてくれることになった。どんな人なのか茶屋は興味を持った。

十五、六分経《た》つと、応接室のドアにノックがあって、長身の男が入ってきた。パウエルだった。彼は毛の生《は》えた太い腕に上着を掛けていた。

水崎がパウエルに茶屋を紹介した。パウエルは、アメリカ西部のローズバーグの出身で、カリフォルニア州サンフランシスコに本社があるシュナイダー貿易の社員だと、流《りゅう》暢《ちょう》な日本語で自己紹介した。年齢は三十七、八歳だろうと茶屋は見当《けんとう》をつけた。

茶屋も自己紹介をして名刺を交換した。

「早速ですが」

茶屋は、アメリカ製のＡＩＰＣａｒｏｌという薬物を知っているかときいた。

「知りません。私の会社では薬品類は取り扱っていません。それは、どういう効果のあるものですか」

「男性によく効く、精力剤です」

茶屋がいった。

「知りません。その薬物がどうかしたのですか」

「それを服んだために死亡した人が何人もいるんです」

「死亡した。それは精力剤じゃなくて、毒物じゃないですか」

パウエルは目を丸くした。彼は黒のスマホを取り出すと、知り合いのアメリカ人にきいてみるといって、電話した。相手が応じるとパウエルは茶屋に背中を向けて、英語で会話した。会話のなかに、香港とか、ジャーマニーとか、チャイナという国名がまざっていた。彼は手話のように、さかんに手を動かしながら五分ほど会話していた。

「外国製の精力剤は何種類もあるそうです。アメリカ製もありますが、イギリスやドイツでつくられ、中国や香港を経由して日本に入ってくるものもあるし、香港へ旅行した人が買ってきて、販売するものもあるようです。……いま電話した人も貿易会社の社員ですが、ＡＩＰＣａｒｏｌについては知らなかったそうです。彼は裏社会に詳しい知り合いに問い合わせてみるといいました」

裏社会に通じる人というのは、ヤクザなのか。それとも輸出入が禁じられているものを取り扱っているような組織に属する人物なのか。

パウエルは、ＡＩＰＣａｒｏｌを服用した人は、どんな死に方をしたのかと茶屋にきいた。

現在、警察がつかんでいる死者は三人。いずれも中年男性で、年齢差のある女性とホテルに三、四日滞在していた。ホテルに到着してからＡＩＰＣａｒｏｌを服んだらしい。三人とも景勝地のホテルに滞在したのだが、部屋からは出ていないようだった。一組のカップルは二泊の予定でチェックインしたのに、四泊に変更していた。その男性は四泊したあと、ベッドの上で胸を掻《か》きむしって苦しがったあと、動かなくなった、ということだった。

死に方が三人とも似ていた。その点から警察は、薬物を服用したことによる中毒死と断定した。死亡した三人は、プラスチック製の小さな四角形ケースを持っていた。そのケースに「ＡＩＰＣａｒｏｌ」の刻印が入っていたのである。

「いまのところ、同じ薬物を服んで死亡した三人が分かっていますが、ほかにも同様の死に方をした人がいるかもしれません」

茶屋がいうと、水崎とパウエルは同時に首を動かした。

「三人とも、まさか死ぬとは思っていなかったでしょうね」

水崎は真剣な顔をしていった。


日の出物産をあとにした茶屋は、江尻東の料亭、舟よしを訪ねた。和服姿の女将が出てきて、

「小芝はいま、将棋を指《さ》しにいっていると思います」

と、光った廊下に立っていった。ととのった顔立ちの器量《きりょう》よしだが、表情は機嫌を損ねているようだった。

「ご主人の行き先はお分かりでしょうか」

「新港《しんみなと》あたりの倉庫じゃないかと思います。主人にどんなご用なんですか」

女将はそういってから、摘まんでいる茶屋の名刺に目を落とし、

「どこかできいたか、なにかで見たことがあるようなお名前……。あ、思い出しました。一か月ぐらい前だったと思いますけど、週刊誌に、信州の川で起きた事件。それをお書きになった方では……」

茶屋は、そうだと答えた。

「そういう方が、無職同然の小芝に会いにおいでになった……小芝がなにか隠し事でもしていたのでしょうか」

女将は、薄紫《うすむらさき》の着物の胸に手を当てた。

「小芝さんのお知り合いの方について、ちょっとうかがいたいことがあったものですから」

「茶屋さん、どうぞお上がりください。静岡でもめったにないような、おいしいお茶が手に入りました。それを召し上がりながら……」

女将はしゃがんでスリッパをそろえた。

料亭の真っ昼間は閑《ひま》なのだろう。退屈であくびさえも出なかったのではないか。

「それでは、ちょっと」

茶屋は上がることにした。廊下は磨《みが》き込まれて顔が映《うつ》りそうである。

女将は手を打った。「はあい」奥のほうで女性の声がした。

女将は、玄関に近い応接室へ茶屋を招いた。紅い牡丹《ぼたん》を大きく描いた絵が飾られていた。ソファは麻布をかぶっている。

ジーパンの若い女性が転がるように出てきて、頭を下げた。女将は低い声で、「お茶を」

と命じた。女将のそのいい方で、客に出すお茶の等級が異なるのではないか。

お茶は小ぶりの茶碗で出された。緑色が澄んでいた。飲んでしまうのが惜しいくらいきれいだ。女将は、「早く飲んでみて」というような表情だったので、そっと口に運んだ。香りが高い。お茶には甘みがあって、後味はわずかに渋い。これは特別なお茶ではないかというと、実家が川根の茶農家だといった。

「実家では一年中、川音がきこえていました。川が増水して濁流《だくりゅう》になった日もありました。……兄に頼んで、ここでお客さまに召しあがっていただくお茶を、特別につくってもらっております」

彼女の実家は、大井川本線の崎平《さきだいら》駅と千頭駅の中間あたりで、大井川の赤い鉄橋を渡る列車が見えるところだという。

「天気のいい日の昼間は、鉄橋を渡るＳＬを見たり、写真を撮る人が大勢きて、河原に下りて列車がくるのを待っています。列車は一声、汽笛を鳴らして通過していきます」

茶屋も、赤い鉄橋を渡る古いＳＬ列車を見たくなった。

4

料亭舟よしの女将の名は小芝光世《みつよ》だった。茶屋の見当ではそろそろ五十の曲がり角に近づいていそうだ。陽《ひ》にあたらないのか、色白の肌には皺《しわ》一本も見えず、ふっくらとした頰にはほんのりとした紅みがあった。

彼女は、茶屋がここを訪ねてきた目的をきくのを忘れたように、茶の産地の川根郷と大井川の鉄橋を渡る列車の話をしていたが、はっと気がついたように表情を変え、

「主人に、どんなご用が……」

ときいた。

「ご主人は、七月に亡くなられた室町秀樹さんとお付き合いがあったとうかがいましたので、室町さんがどういう方々と親しくされていたのかを知りたかったんです」

「室町さんは、大井川の河口近くのホテルで亡くなったそうですが……」

「そうです」

「……室町さんは、女性と一緒だったんでしょ……」

「そうでした」

「室町さんは、ここへ何度かおいでになりました。お酒を召し上がると、声が大きくなって、笑いながらお話をなさる方でした。……女性と泊まったホテルで亡くなったなんて、持病でもあったんですか」

「持病はなかったようですが、あるものを服んで、頑張りすぎたのが亡くなる原因だったようです」

「あるものとおっしゃると、元気になる薬のようなもの……」

「そうです」

「それは、よく効く薬だったんですか」

「効きすぎるくらい」

「主人に服ませようかしら。主人はもう何年も前から、わたしには指も触れなくなってるんですよ」

「ダメです。死ぬんですから」

「死なれても困るわね」

「ご主人は、新港あたりの倉庫にいらっしゃるとおっしゃいましたが、そこで将棋を……」

「そうなんです。陸《おか》に上がった漁師とか、倉庫番の人を相手に、お金を賭けているので、真剣なんです」

「お会いできるでしょうか」

女将は、電話してみるといって、応接室を出ていったが、すぐにもどってきた。

「主人は新港の清水WSという倉庫にいます。人にきかれてはまずいお話でしたら、近くの喫茶店へでもいらっしゃったら」

茶屋は女将に礼をいって、舟よしをあとにした。


小芝基成が将棋を指しているという倉庫はすぐに分かった。倉庫内の空気はひんやりしていた。荷物が天井近くまで積んであるあいだに、男が六人、椅子に腰掛けていた。そのうちの二組が将棋盤をにらんでいた。小芝は、勝ったのか負けたのかわからない表情で、腕組みして一組の対戦を観ていた。

茶屋が近づくと彼は椅子を立って、麻袋が積まれているコーナーへ移動した。

茶屋は、邪魔したことを詫《わ》びた。

「きょうは、一勝一敗でした」

小芝は髪が薄くなった頭に手をやって笑った。五十代半ばで、女のように肌が白い。

「さっき、家内からの電話で、茶屋さんのことをききました。面白そうなお仕事をなさっているんですね」

「はい。あちこちへ飛びまわっています」

茶屋は、室町秀樹の死因を知っているかときいた。

「女性と泊まったホテルで、心臓麻痺《まひ》を起こしたんじゃなかったでしょうか」

「それに似た症状でしたけど、じつは服用した薬物が、死亡の原因だったんです」

「元気になる薬ですか」

茶屋は、ＡＩＰＣａｒｏｌの効能《こうのう》を話した。

「そんな危険なものを、室町さんはどこで仕入れたんだろう」

小芝は下唇を突き出した。

「私は、それを調べているんです。どこのだれが、室町さんに売ったかを」

「アメリカから入ってきたものといいましたね」

「そのようです」

小芝は、顎に手をやって考え顔をしていたが、

「私の知り合いにドナルド・パウエルというアメリカ人がいます。室町さんとも知り合いでした」

茶屋は、その人には会っているといった。パウエルは、ＡＩＰＣａｒｏｌを知らなかっ

た。知人を通じて、その薬物を取り扱っている人をさがしてみるといっていたと話した。

「パウエルは真面目《まじめ》な男ですから、怪《あや》しいものを扱ったりはしないでしょう。……私はもう一人、外国人を知っていましたが……」

といって、小芝は首をかしげて下を向いた。

「アメリカ人ですか」

「フランス生まれで、アメリカ育ちだといっていました。名前は、フローラン・ジュベール。四十歳ぐらいですかね。フランス語も英語も日本語も堪能《たんのう》です。東京の港《みなと》区に住んでいるといっていましたが、先月か先々月ごろから消息不明になりました。彼は何度も舟よしへきて、料理が旨《うま》いとほめていました。将棋に興味を持ったので、私が指し方を教えてやりました」

「消息不明というのは……」

「ぴたりと顔を出さなくなったので、電話をしたんです。するとその番号は使われていない、と。東京の知り合いに、ジュベールの住所を見てもらったところ、そのマンションから引っ越しして、どこへいったか分からないということでした」

「ジュベールという人は商社員ですか」

「貴金属商です。独立していて、主にダイヤモンドを取り扱っているといっていました」

「貴金属商……」

茶屋はつぶやいてポケットノートを開いた。

そこには警視庁の今川管理官から得た情報が書いてある。

――宇都宮正章・五十二歳。東京杉並区に住んでいて、台東区東上野の光貴金属社長。

宇都宮は本年六月三十日、静岡県の寸又峡温泉の緑河荘ホテルに三泊の予定で、女性のK・H（二十六歳）とチェックインした。三泊後、もう一泊することをフロントへ伝えたが、その電話の約一時間後、胸を掻きむしるように苦しがっている、と女性がフロントへ訴えた。

宇都宮は救急車で島田市内の病院へ運ばれたが、到着後まもなく死亡した。狭心症による心臓発作と診断された――

「ジュベールという人の写真はありますか」

茶屋がきいた。

「さあ、どうでしょうか。ジュベールは、怪しい男だったんですか」

「分かりませんが、ジュベールという人と同業の貴金属商の男性が、室町さんと同じような死にかたをしています」

「貴金属商……」

小芝は、自宅へ電話した。女将に、ジュベールの写真があるかをきいた。女将は、「ないと思う」と答えたようだった。

ジュベールという男は、最近になって行方が分からなくなったという点が怪しい。その男が住んでいたという東京・港区の住所を小芝にきいた。

小芝は自宅へ電話して、女将にジュベールの名刺を見てくれといった。

名刺に刷ってある住所は、港区高輪《たかなわ》。ジュベールは自宅のマンションを事務所にしていたようだ。

茶屋は東京へもどると、ジュベールが住んでいたマンションをたずねて、管理人に会った。コーヒーのような色をした高級感のある外観の五階建てで、彼は三階の三〇五号室に住み、名刺にはその住所を事務所としていた。

管理人は六十をすぎているだろうと思われる痩せた男で、ジュベールをよく憶えているといった。

「ジュベールさんは、ちょうど三年間住んでいましたが、先々月、急にアメリカへ帰ることになったといって、二日がかりで荷物をまとめて、出ていきました。背が高くて、男前で、いつもにこにこしていて、出掛けるときは私に、『いってきます』といいました」

「独り暮らしだったんですか」

茶屋がきいた。

「入居したときは独りでしたが、二、三か月が経ったころ、きれいな女性が一緒に住むようになりました。その女性も上背があって、いつも垢抜《あかぬ》けた服装をしていました」

「女性の職業の見当がつきましたか」

「夜は部屋にいるようでしたから、水商売でないのはたしかでしょう。一日中部屋にいることもあったようでしたし、日中に出掛けて夕方帰ってくる日もありました。私と会えばにこりとしましたが、話をしたことはありません」

「ジュベールさんがここを出ていくとき、その女性も一緒でしたか」

「一緒でした。トラックに荷物を積むのを手伝っていましたので」

ジュベールはほんとうにアメリカへ帰ったのだろうかと、茶屋は管理人の表情をうかがいながらきいた。

「そうだろうと思っていましたが、そうではなかったんですか」

管理人は上目遣いをした。

茶屋はジュベールという男を追跡したかったが、ほんとうにアメリカへ帰ったのだとしたら、手が届かないだろうと思った。ジュベールと同居していた女性はどうしただろうか。彼と一緒にアメリカへいったのか。

念のため管理人に、ジュベールの転居先をきいたが、知らないといわれた。彼と女性には、平穏に過ごしていられない危機でも迫ったのではないか。

5

翌日茶屋は、寸又峡温泉の緑河荘ホテルに女性と滞在していたが、三泊した朝、急に苦しがったあと、救急車で病院に搬送され、そこで息を引き取ったという宇都宮正章の自宅を訪ねた。杉並区の高円寺《こうえんじ》駅から北へ七、八分の住宅街の一角の二階屋。桧《ひのき》の門があって、エンコウスギの細長い葉が板塀の透《す》き間《ま》から外へ突き出していた。最近、屋根を葺《ふ》き直したのか、黒い瓦《かわら》が光っている。

インターホンに応えて正章の妻が、薄茶色の小型犬を抱いて門のくぐり戸を開けた。

「どうぞ、お入りください」

といった妻は三十代に見えた。面長で最近よく観るＮＨＫのアナウンサーに似ていた。

庭に入っての立ち話だったが、美歌子《みかこ》は正章の後妻だった。

美歌子は茶屋の職業を知っていて、著書を何冊も読んでいるといった。

「男って困った動物ですよね。宇都宮は奥さんがいながらわたしを好きになって、離婚してわたしと一緒になったのに、またべつの女の人を好きになって……」

彼女は庭木のツツジに腕を伸ばすと、白い指で葉を引きむしった。

「寸又峡温泉のホテルに何泊かしていた女性のことを、警察でおききになったんですね」

「金木《かねき》はるかといって、二十六歳だったそうです」

「ご主人は、その女性とどこで知り合ったんでしょうか」

茶屋は、よけいなことではと思ったがきいてみた。

「上野のクラブだとか」

「ホステスをしていたんですね」

「昼間は郵便局でアルバイトをしていて、夜もアルバイト。秋田県から出てきて、東京の大学へ通っていたけれど、大学が嫌になったのか、二年で中退して、アルバイトで暮らしを立てていたようです」

「奥さんは、その女性にお会いになりましたか」

「主人を引き取りにいった島田署で会いました。……憎らしいことに、可愛い顔をしていました。五十代のおやじと付き合わなくても、釣り合いのとれた若い人と付き合うことができるのにって思いました。はるかっていう人は、わたしと話しているのが恥ずかしかったのか、警察の人にいろんなことをきかれるのが苦痛だったのか、すぐにいなくなってしまいました。警察の人たちは、彼女からはもっとききたいことがあったのだと思います」

美歌子はところどころで蓮《はす》っ葉《ぱ》な言葉を使った。

警察から金木はるかの住所をきいたかというと、

「本人からききました」

それを知りたいと茶屋がいうと、なにを調べているのかと美歌子がきいた。

「奥さんは、ご主人がお亡くなりになった原因を、正確に知っていらっしゃいますか」

「正確にとは……」

「つまり死因です」

「狭心症による心臓発作と、警察の方にいわれました。若い女性と一緒だったので、頑張りすぎたのだと、恥ずかしいことをいわれました。……茶屋さんは、主人の死因になにか疑いでも……」

「ご主人は、アメリカから入ってきたらしい違法薬物を服まれたことがわかっています」

「違法薬物を……。それはどんな……」

美歌子は顔色を変えた。警察は被害者の身内に死因を詳しく話していないらしい。

茶屋は彼女に、ＡＩＰＣａｒｏｌの効能を話した。

「そんな危険なものを。主人がそれを服んだことが、どうして分かったんですか」

「ご主人が滞在なさっていたホテルの部屋にあった鞄《かばん》の中から、小さなプラスチックケースが見つかりました。薬剤が入っていたケースです。それに入っていたカプセルを服んだのを、金木さんも見たといっているそうです」

「そんな、そんなものを服まなくても……」

美歌子は手で口をふさいだ。

「そういう危険なものを、ご主人に売った者がいるはずです。売った者は、効能を知っていたと思います。ご主人のお知り合いに、そういうものを取り扱っていそうな人はいなかったでしょうか」

「仕事の関係者でしょうね。わたしは主人の仕事に一切、手出しをしていませんでしたので、主人がどういう人と取引していたのかも知りませんでした」

「ご主人から、ジュベールという名をおききになったことは……」

「いいえ。どこの国の人ですか」

「本人は、フランス生まれで、アメリカ育ちといっているそうです。日本では貴金属を扱っていたようです」

美歌子は、心あたりがないというように首を振った。

金木はるかの住所は、足立区梅田《うめだ》だと美歌子にきいた。

茶屋は金木はるかに会いにいった。そこは荒川《あらかわ》の土堤が見えるアパートの二階だった。

彼女は部屋にいた。勤めに出ていないようだ。華奢《きやしや》なからだつきで目が大きい。宇都宮正章の妻が、『憎らしいけど可愛い顔』といっていたとおりで、愛くるしい顔立ちをしていた。

上野のクラブに勤めていたらしいが、と茶屋がいうと、

「その店を辞めて、週に三日、べつのところに勤めています」

彼女は澄んだ声で答え、きょうは昼の仕事も休みだといった。

「私は、宇都宮さんが亡くなったことに関して、あることを調べています」

茶屋は、はるかの小さな顔にいった。

「あることといいますと……」

彼女は小首をかしげた。後ろで結んでいた髪が肩から前へ垂れた。

「宇都宮さんは、アメリカ製の薬物を服んだのが原因で亡くなられたそうです」

はるかは茶屋の顔を見て、小さくうなずいた。

「それは、服んだ人が亡くなりかねない危険なもので、日本では違法薬物とされていまし

た。宇都宮さんは、そういうことを知らずに買って、それを服用したものと思います。あなたは宇都宮さんがどこでそれを手に入れたかを、知っていますか」

「知りません」

彼女は両腕で胸を抱くようにして身震いした。そして、「茶屋さん」と呼んで、きつい目をした。

「茶屋さんは、宇都宮さんが服んだ薬物を扱っている人をさがしているんですね」

そのとおりだ、と彼は返事をした。

「その調査、おやめになったほうがいいと思います」

彼女は宙の一点に目を据えるような表情をした。

「やめたほうがいい……。なぜでしょうか」

「危険です。怪我をします」

「どういうことでしょうか」

はるかは、くるりと瞳を動かしてから、

「お話ししますので、せまいところですけど、お上がりください」

彼女はキッチンのテーブルに茶屋を招いた。小ぶりの椅子が二つあった。キッチンはきれいに片づいていて、棚の上に食器がいくつかのっていた。間仕切りのふすまはぴたりと閉まっている。

　はるかと茶屋はテーブルで向かい合った。

「宇都宮さんは、上野で光貴金属という会社を経営していました」

　はるかは低い声で話しはじめた。

　茶屋はノートを取り出して膝に置いた。

　光貴金属には社員が六人いて、そのうちの一人は社長の弟で宇都宮文彦《ふみひこ》。会社にはいつも二人を残して、あとの社員はデパートなどへの売り込みに全国をまわっている。正章が死亡したことから文彦が社長に就いた。

　文彦は島田署で、兄正章の死亡原因についての説明を受けたらしい。

　文彦はかねて知り合いだった人が代表の名古屋市内の探偵事務所に、『正章に危険な薬品を売った者がいる。その人物をさがしあててもらいたい』という調査依頼をした。その調査を担当したのは的場啓介《まとばけいすけ》という調査員。的場は、光貴金属の取引先の社員などの動向をさぐっていたらしい。つまり、正章に危険な薬物を売った者は、取引先に関係のある人間ではないかとにらんだようだった。

　的場は、正章がどんな死に方をしたのかを知りたかったようで、寸又峡の緑河荘ホテルを訪ねていた。緑河荘は、『お客さまのごようすなどを詳しくお話しすることはできません』とでもいって、追い返したらしい。が、八月一日、的場は崎平の大井川で遺体となって発見された。彼は白い石河原の上に大の字に倒れていた。川根温泉に泊まった客が朝の散歩中に発見したのだが、刺殺されたと見られる彼は腰部から血を流して白いシャツは真っ赤に染まっていたという――

文彦は新聞で的場の事件を知って仰天《ぎょうてん》し、探偵事務所に電話で問い合わせたと話したのだという。

「的場という調査員は、正章さんに危険な薬品を売った者をさがしていたために殺されたんです。茶屋さんも調査をつづけていると、ひどい目に遭《あ》うかも。ですので深入りしないほうが……」

茶屋は、忠告に感謝するとはるかにいって、彼女の住むアパートをあとにした。

的場という調査員は、宇都宮正章の死亡に関する調査をしていたから殺されたのだろうか。その調査とは無関係のべつの原因がひそんでいたのではないか、と茶屋は歩きながら考えた。

彼は、上野の光貴金属を訪ねた。ガラスケースを鉤《かぎ》の手に置いた小さな店舗の奥が事務室で、社長を継いだ宇都宮文彦がいた。彼は大柄で眉の濃い、酒を飲んだような赤い顔をしていた。

彼は茶屋が渡した名刺をじっと見て、

「どこかできいたことがあるような……」

といって首をかしげた。

茶屋は、週刊誌に紀行文を書くことが多いといった。

「そうか。週刊誌で、遠方の川の話を読んだことがありました。あ、思い出しました。福岡の博多《はかた》を流れている川のお話でした」

文彦は目を細めて、茶屋にソファをすすめた。彼のデスクの後ろの棚には、金色のカップがいくつも並んでいた。

「なにかの優勝カップですか」

茶屋は椅子にすわる前にきいた。

「ゴルフです。高校生のころからゴルフに凝《こ》っていて、一時はプロを目指したこともありました。素人《しろうと》の集まりで優勝したくらいでは、とうていプロとしては通用しないと何度も兄にいわれて、諦めました」

最近は、月に一、二回しかコースに出ないといった。年齢をきくと四十七歳だという。

本題に入った。正章が死亡した原因についてである。

茶屋は、金木はるかに会ってきたことを話し、正章の死亡に関しての調査を担当していた調査員が、大井川で殺されたことをきいたのだといった。

「そのとおりです。殺されたのは名古屋市の的場という調査員です。彼は、私が依頼した調査を担当していたために、災難に遭ったにちがいありません。調査の中間報告を受けていたわけではないので、どんなことが分かったかは知りませんが、調査は核心《かくしん》を衝《つ》いていたんじゃないでしょうか。それが何者かに知られたということだと思います」

「的場さんが調べていたのは、宇都宮正章さんに、危険な薬物を売った人間でしたね」

「そうです。私が、そいつをさがしてもらいたいと依頼したんです」

茶屋は、こういうことが考えられないかと、文彦の目に飛び込むように上体を前へかたむけた。

文彦は、「うむっ」といって、茶屋の目をにらんだ。

「社長は、正章さんの取り巻きの人たちをお考えになったことはありませんか」

「友だちや、商売上の関係者ということですね」

「そのなかのどなたかが、死にいたるほど危険な薬物だということを知らずに、正章さんに売ったか、あるいはプレゼントした……」

「知り合い……」

文彦は眉を寄せて首をかしげた。

「うちが業績を伸ばしているのを、羨《うらや》ましがったり妬《ねた》んでいた人はいそうな気がしますし、兄に女がいるのを知ってる人はいたと思います。兄をからかうような気持ちで、危険なものをプレゼントした……」

考えられることだと文彦はいっているようだった。

四章　透明な箱

1

茶屋は、もう一人の死者の延岡光一郎・四十八歳の住所を訪ねた。その住所は、豊橋市飯村《いむれ》。近くを国道一号が走っていた。自宅はコンクリート建てで、鉄製の格子扉のある構えの大きい二階屋だった。光一郎は、海産物などの食料品を扱う亀岡物産の副社長を務めていたが、本年六月、渥美半島先端の恋路ヶ浜ホテルで三泊目の夜、急に胸を押さえて苦しがり、駆け付けた医師に看取られて死亡した。彼にはN・Kという二十五歳の同伴女性がいた。

延岡と女性は、太平洋を眺める風光明媚《ふうこうめいび》な観光地のホテルに宿泊していたのに、外出せず部屋にこもっていたことがホテルの従業員に知られていた。

茶屋が、門柱のインターホンに呼び掛けると、すぐに女性の声が応えた。

「茶屋次郎さん。なにをなさっている方ですか」

甲高い声の女性がきいた。祥子《しょうこ》という延岡の妻にちがいない。

「新聞や雑誌にものを書いています」

「そういう方が、どんなご用で……」

「ご主人のことについて、どうしてもおうかがいしたいことがあるものですから」

「主人のこと……。門を開けますので」

カチッと音がして鉄の格子扉が一メートルあまり上がった。茶屋はそれをくぐった。

背が高く、いくぶん太り気味の女性が玄関から出てきた。長い髪を片方の肩に垂らして、桔梗《ききょう》の花のような色のワンピースを着ている。

「ご立派なお邸《やしき》ですね」

茶屋は、玄関の造りに目を向けてから、「奥さまですか」ときいた。

「家内です」

彼女はやや険《けわ》しい顔をして答えた。その目は、早く用件を話せといっていた。

「奥さまは、ご主人がご不幸に遭われた原因を、詳しくご存知でしょうか」

「詳しくとは、どういうことなんですの」

「ご主人は、違法な薬物を服《の》んだのが原因でお亡くなりになったんですが、その薬物がどういうものだったのかを……」

「知りません。若い女性と一緒だったので……」

恥ずかしいことなのか、彼女は語尾を消した。

茶屋は、延岡が服んだものは毒物だったのだと話した。

「毒物……」

警察は、延岡が服用した薬物の成分を妻には説明していないらしい。

家の中で人を呼ぶ声がした。

「主人の母がいるんです。主人がいなくなってから、認知症状がすすんで、わたしがそばにいないと、不安になるらしくて、あのように呼ぶんです。以前は穏やかでいい人でしたけど」

彼女は茶屋を玄関へ入れた。彼女は義母の部屋へいったらしく、話し声が小さくきこえた。彼女は四、五分で玄関へ出直してきた。

茶屋は、延岡に違法薬物を売った人間をさがしているのだと話した。

「見ず知らずの人から違法なものを買うわけはありません。それを扱ったのは延岡さんの知り合いだったことが考えられます。それで、そういうものを取り扱っていそうな人に、お心あたりはないかをうかがいたかったんです」

祥子という妻は、そんな人は知らないというふうに首を横に振った。

「奥さまは、延岡さんとホテルに泊まっていた女性をご存じですか」

「会ったことはありません。警察で、名前と住所をききましたけど」

彼女はそういって口元をゆがめた。

茶屋は、その女性の氏名と住所をきいた。

祥子は奥へ引っ込むと、はがき大のメモ用紙に女性の氏名と住所を書いてきた。その文字は大きくて上手《うま》かった。

[西島君世《にしじまきみよ》（二十五）豊川市《とよかわし》小坂井《こざかい》。職業・トラック運転手」

「トラック運転手……」

茶屋はつぶやいた。

「茶屋さんは、彼女に会いにいくんですね」

「いきます」

「彼女にお会いになったら、日に一度は、延岡に向かって手を合わせなさいといってください」

と、きつい目をしていった。

茶屋は、玄関の靴入れの大きさを見て、よけいなことと思ったが、子どもはもう二十代かときいた。

「大学生が二人、高校生の子が一人、みんな男の子です」

彼女は目を細めて答えた。

「三人とも男子。これからが楽しみではありませんか」

「はい。毎日、子どもたちに励まされています。……主人はわたしに三人もの子を産ませたのに、それでも物足りなかったのか……」

彼女は奥歯を嚙《か》んだようだった。目尻に涙をため、光一郎は生まれた子どもに面白がって名前を付けていたといった。

「面白がって……。楽しかったんでしょう。ちなみにどんなお名前を……」

茶屋は頰《ほお》をゆるめた。祥子は目尻に指をあてた。

「一集《いっしゅう》、二秀《にしゅう》、三衆《さんしゅう》という変わった名です」

なぜか、三人の男の子の名を口にした彼女の声は震えていた。

西島君世は、豊川市小坂井のアパートに住んでいたが、六月下旬に東京へ転居したことが分かった。アパートの家主が、彼女の転居先を把握していたのだ。

茶屋は車を転回させて、豊橋市の中心街の亀岡物産を訪ねた。そこはクリーム色のタイル張りのビルで、一階と二階が亀岡物産。五階建てのビルは同社の所有らしかった。社員はベージュの半袖シャツを着ていた。

パソコンの画面をにらんでいる社員に話し掛けているワイシャツ姿の男が、亀岡という社長だった。

穏やかそうな顔をした六十代の社長は、茶屋を応接室へ招いた。社長は、茶屋の名も職業も知らなかった。

「私は、毎朝、新聞に載っている随筆や小説をゆっくり読んでいますが、同じことを書くわけにはいかないでしょうから、もの書きというのは、頭を使う商売ですね」

社長は突き出した腹を撫《な》でながら微笑した。

茶屋は、延岡光一郎に違法薬物を売った者がいるにちがいないので、そういうものを取り扱っていそうな人間に心あたりはないかときいた。

「警察の人にききましたが、延岡が服んだのは、恐ろしい作用のあるものらしいですね」

「そうなんです。ですから死亡するんです。いまのところその薬物を服んだために死亡したのは三人ですが、ほかに何人かいると思います。激しい運動による心臓発作ということで、片付けられているケースがあるような気がします」

「それは、外国から入ってきたものですね」

「アメリカからだと見られています」

「アメリカか。それを扱っているのもアメリカ人かも」

「延岡さんのお知り合いに外国人はいたでしょうか」

「一人や二人はいたと思いますが、当社の取引先ではありません。延岡は営業を担当していて、売り込みだけでなく、地方の仕入先を訪問することもありました。骨惜しみをしない働き者でした。私は二度と延岡のような男には出会えないだろうと思っています」

社長はそういって腕組みしたが、思い付いたことがあったらしく、

「延岡が接触していた人たちは……」

といって椅子を立つと、壁ぎわの電話器をとった。

数分後、ドアにノックがあって女性社員が丸盆でお茶を持ってきた。盆には名刺ホルダーをのせてきて、そっとテーブルへ置いた。延岡のものだという。

社長はホルダーに差し込まれていた外国人の名刺を二枚抜き出して、茶屋のほうへ向けた。

一枚は［シャルマン　フローラン・ジュベール］もう一枚は［株式会社キリコ　アンジエイ・スイキャット］

茶屋は、ジュベールの名前を見て驚いた。三人目の死者である室町の事件と一人目の延岡の事件に共通して出てきたことになる。

「ジュベールという人は、貴金属商ですよね。フランス語、英語、日本語が堪能ということですが、今年の五月、急に東京の高輪のマンションから、アメリカへ帰るというようなことをいって引っ越したとか」

アンジェイ・スイキャットのキリコという会社の所在地は、新宿《しんじゅく》区西新宿となっている。茶屋はジュベールとスイキャットの名刺を撮影して、刷られている電話番号をプッシュした。が、両方とも現在使われていないというコールが流れた。

「ジュベールもスイキャットも怪しい人間のようだね。……何年も前のことだが、ある外国人から注文を受けた魚の缶詰を、指定された東京の倉庫へ送ったが、その代金は踏み倒された。送った商品は船でどこかへ送られたんです。それ以来わたしは、外国人が苦手になった。延岡が外国人と付き合っていたのを、私は知らなかった」

亀岡社長は頭に手をやって、二人の外国人の正体と行方が分かったら、知らせてもらいたいと茶屋にいった。

茶屋は亀岡物産を出るとすぐ、延岡の妻の祥子に電話した。

「ご主人は、二人の外国人とお付き合いがあったようですが、奥さまはご存じでしたか」

「二人ですか。……一人は知っていました。ここへ招いて、家族と一緒に食事をしたことがありましたので」

その外国人はだれかときくと、ジュベールとかいう名だったといって、

「日本語が上手で、朗《ほが》らかで、お酒の強い人でした。長男の一集はジュベールさんに興味を持って、いろんなことを質問していました」

と、記憶を答えた。

「スイキャットという人の話を、ご主人からおききになったことはありませんか」

「なかったと思います。その人も主人と親しかったのですか」

「それは分かりません。会社に名刺が残っているだけです」

祥子は、外国人がどうしたのかときいた。

茶屋は、違法薬物を取り扱っている可能性が考えられるので、二人の行方を追及するつもりだと答えた。

茶屋は東京へ帰るつもりで東名高速道を走り、浜名湖《はまなこ》を渡っていた。右手に舘山寺《かんざんじ》温泉への標識と大草山《おおくさやま》が見えたところへ、延岡祥子から電話があった。

パーキング・エリアから折り返すと、

「主人があんなことになって、一月ばかり経ったところへ、西島君世さんから、きれいに

並べられているサクランボが送られてきました。山形からということと、謝罪の手紙が添えられていました。……憎らしかったけど、二つ三つ摘まみました。学校から帰ってきた子どもたちは、『旨い、旨い』といって、全部食べてしまいました。……わたしは彼女を、バーかクラブで働いている人と思い込んでいましたけど。トラックの運転をしているって知ったときは、意外だと思いました」

「そうでしょう」

茶屋はつぶやいた。トラックに乗っている女性ドライバーは珍しくはないだろうが、会社役員の延岡光一郎に好かれ、恋路ヶ浜ホテルへ滞在していたことが不似合いな気がした。延岡とはどこでどういうふうにして知り合ったのかにも、茶屋は関心を抱いた。

2

西島君世の引っ越した先の住所は、豊島《としま》区池袋《いけぶくろ》の古い木造二階建てのアパートだった。彼女の部屋は二階だと分かったので、茶屋は裏側へまわって窓を仰いだ。その窓には部屋の灯《あか》りが映っていた。階段を昇って二〇三号室のドアをノックした。

「どなたですか」

女性の声がした。茶屋は少し声を大きくして名乗った。

チェーンのついたドアが半分ほど開いた。女性は犬の絵の付いたTシャツを着ていた。西島君世だった。

茶屋は名刺を渡した。

「茶屋次郎さんて……」

彼女はつぶやきながら、ドアチェーンをはずした。

身長は一六〇センチぐらいの中肉。薄く染めた髪を後ろで結わえていた。

「雑文を、あちらこちらの雑誌に書いている者です」

「雑文だなんて……」

彼女は、入ってくださいといって、たたきに並んだスニーカーを隅に寄せた。細い眉が濃く、目鼻がくっきりとしていて可愛いらしい顔立ちだった。

「お嫌でしょうが、延岡光一郎さんの死に関係することを、うかがいにきました」

「延岡さんに関係のあることとは……」

彼女は、にらむような目をした。

「延岡さんは、危険な薬を、危険だとは知らずに服用した。それは違法薬物で、売り買いが禁じられているものだったのです。それを延岡さんが、だれから買ったのかを知りたいのです」

「わたくしは、知りません」

彼女は、茶屋の顔をじっと見たまま答えた。

「延岡さんが、何か薬のようなものを服んだのを知っていますか」

「透明の四角いケースに入っていたものを、服んだのを見ました。そのケースが気になったので、わたしは手に取って見ていました」

「それを服まなかったら、延岡さんは亡くならなかった」

彼女は、茶屋の顔をにらんだまま両腕で胸を抱いた。わずかに首を振り、哀《かな》しげな顔をした。

茶屋は、彼女の今日までと、延岡とはどういうきっかけから知り合うようになったのかを知りたかった。

「おととしの六月でした。わたしは父が運転するトラックに乗って静岡県の藤枝《ふじえだ》あたりを走っていました。朝からの雨が激しくなって、道路が川のようになったところへさしかかりました。そこを早く抜けようとしていたところ、一台の乗用車が動けなくなっていました。乗っていた人は車を棄《す》てて降りようとしていましたけど、水圧がかかっていて、なかなかドアを開けることができない状態でした。それを見たわたしの父は、トラックから飛び降り、腰まで水に浸《つ》かって、乗用車のドアをこじ開け、乗っていた人を外へ出して、自分のトラックへ乗せました。父はびしょ濡れのままトラックを走らせ、駅の近くの安全なところに着くと車をとめました。乗用車に乗っていた人は父のことを、命を救ってくれた恩人だといって、名刺をくれて、父の連絡先をきいて、いずれお礼をするといいました。それが延岡さんだったんです……豊川へ帰って何日か経つと父もわたしも、静岡で遭った大雨の日のことを忘れていました。そこへ延岡さんが電話をくださって、お食事に誘ってくれました。父とわたしは、延岡さんに招かれて、おいしい食事をご馳走《ちそう》になって、おみやげまでいただきました。延岡さんは、豊橋では知られている亀岡物産の副社長で、なにか役立つことがあったら声を掛けてとまでいってくれました。わたしは、スマートな彼に憧れてしまいました」

君世は恥ずかしくなったのか、口に手をあてて話した。

「あなたは現在、トラックの運転をしているということですが……」

「高校を卒業して、工務店や居酒屋に勤めていましたけど、わたしが二十歳《はたち》になったころから、トラックで西へも東へもいっていた父がからだをこわして、仕事を休むようになりました。それまでの働きすぎが祟《たた》ったのだと思います。その父を見て、わたしがトラックに乗るといったんです。父は体調がいいときは、助手席に乗ります。いまもそうです。わたしを一人前のドライバーとは見ていないんです。父はいつも安全運転を心がけていて、わたしがスピードを上げたりすると叱ります。ですので、わたしは事故を一度も起こしていません」

彼女は、父のことしか語らないので、茶屋は、お父さんとの二人暮らしなのかときいた。

「父は、ここから歩いて七、八分のアパートに独り暮らしをしていて、時々入院することがあります。お医者さんからさんざんいわれて、去年、やっとタバコをやめました。お酒はやめられず、毎晩茶碗で三杯ぐらい飲んでいます」

彼女は、母親については一言も話さないので、

「お母さんは、亡くなったんですか」

と、控えめに尋ねた。

「母は、わたしが二歳ぐらいのときに、父に黙っていなくなったそうです。なぜなのかを父はいいません。いいにくいことがあるんだろうと思って、わたしも理由をきいていません。……ただ、母がいなくなったあと、父は『三日三晩、おまえを抱きしめていた』と話したことがありました」

「二歳ぐらいのとき。……お父さんはあなたを抱えて困ったでしょうね」

「そのころも父はトラックに乗っていたそうです。わたしを置いて長距離をやるわけにはいかないので、父はわたしを、母の姉の家にあずけたんです。なので、わたしは中学を出るまで、豊川の伯母《おば》の家で暮らしました」

暗い話を淡々《たんたん》と語っていた君世だったが、一瞬だけ下唇を噛んだ。手に針を刺すような記憶が蘇《よみがえ》ったのではないか。

「伯母の家は、伯母夫婦と女の子と男の子と、伯母の義母の五人暮らしでした。そこへわたしはあずけられたのです」

彼女はめまいにでも襲われたように壁に寄りかかり、片方の手を胸にあてた。

「その家はわたしが同居したので、六人暮らしになりました。わたしは小学生のころのことをよく憶えています。……その家は六人暮らしなのに、夕飯の食卓にはお皿が五つしか並んでいないことがありました。五つのお皿にはアジの干物がのっていました。わたしより五つ上の女の子はテーブルを見て、『君世ちゃんのは』と伯母にききました。すると伯母は『そうだった』といって、お皿を一つ、音を立てて置きました。でもそのお皿にはアジの干物はのりませんでした。そういうことはたびたびあって、伯父さんが干物をちぎって分けてくれました。その魚は涙が出るほどおいしかった。……テーブルにはいつも、コンブとアサリの佃煮《つくだに》と福神漬け《ふくじんづ》が置いてありました。わたしは毎日、福神漬けでご飯を食べていました。……わたしは伯母になにをいわれても、『はい、はい』って返事をしていましたけど、いつも伯母を恨《うら》んでいました。自分が意地の悪い人間になるのではないかって、考えることもありましたし、大人《おとな》になったら伯母に仕返ししてやろうって、自分にいいきかせたこともありました」

彼女はまた唇を噛み、目を一点に据えた。

「小学校へ入学した日のこともはっきり憶えています」

「なにかあったんですね」

茶屋は、寒さをこらえるような表情をした彼女を見つめた。

「周りにいる男の子も女の子も、きれいな服を着ていましたけど、わたしだけはシャツを三枚重ね着して、男の子のような短いズボンを穿《は》いていました。履いていたズックは窮《きゅう》屈《くつ》で先が破れていました。みんなは、親から写真を撮ってもらっていましたけど、わたしはそれを眺めていました」

「お父さんは、入学式にこられなかったんですか」

「前の晩、お酒を飲んで、その日は起きられなかったんです」

「お父さんは遠くに住んでいたんでしょうか」

「豊川市内に住んでいましたけど、遠方へいくことが多いので、伯母の家へはごくたまにしかきませんでした。……伯母は父のことを、しょっちゅう、ダメな男だ、といいました」

「お父さんは、どんな人なんですか」

「ダメっていわれればダメな人なんです。身ぎれいにしていないので、女の人には嫌がれるようです。仕事にいかない日は、昼間からお酒を飲んで、急に大きい声で歌をうたったりします」

「どんな歌を……」

「最初にうたうのはいつも『カスバの女』です。わたしも嫌いな歌じゃないけど、父はなぜなのか三番からうたい出すんです。喉《のど》が破れるような大声なので、わたしはうるさいって怒鳴《どな》ることがあります」

「お父さんは、その歌を、いまもうたっているんですか」

「トラックを運転しながら……」

彼女は鼻に手をあてた。

君世は中学を卒《お》えると、伯母の家を出て父と暮らすようになった。そして高校を卒えた。現在は運輸会社の下請けだが、仕事が切れたことはない、と彼女はいってわずかに頬をゆるめた。

「では、東へも西へもいっているんですね」

茶屋は目を細めた。

「父といった土地で、思い出に残るところはいくつもあります」

そこはどこか、と茶屋はきいた。

「真夏でしたが、根室《ねむろ》へいったときです。日の出を見ようって父がいい出したので、暗い道を走って、納沙布岬《のさっぷみさき》へいきました。天気予報はあたっていて、島と島のあいだの海がオレンジ色に染まって、陽が昇りました。わたしたちと同じように日の出を待っていた人たちがいて、一斉に万歳をしました。……落日を見たこともありました」

「ほう。どこでですか」

茶屋は体を乗り出すようにしてきいた。

「男鹿《おが》半島の寒風山《かんぷうざん》からです。たしか秋でした。日本海に沈んでいく夕陽は、海を真っ赤に染めて、沈んでからは雲を橙《だいだい》色《いろ》に変えました。日の出も、落日を眺めたのも初めてでした。……真冬に秋田県の田沢湖《たざわこ》の近くへいったことがありました。民宿に入ったときは小雪が降っていましたけど、夜中に大雪になったのでしょうね、夜が明けたら玄関のドアが開かないほど雪が積もっていました。わたしは、二メートル近くにも積もった雪を見て震えていましたけれど、父は、民宿の主人と一緒に雪掻きをはじめました。わたしも生まれて初めて雪を掻きました」

君世は、薄い唇から白い歯を見せると、「父は、イカの塩辛と柿の奈良漬けが好きで、それを肴《さかな》にお酒を飲んでいます」

「延岡さんとは……」

茶屋は、恋路ヶ浜といいかけて、唾《つば》を呑《の》み込んだ。「どこかへ、旅行しましたか」ときいた。

「今年の一月、豊橋生まれの延岡さんは、寒いところで温泉に入ろうといって、岩手の花《はな》巻《まき》温泉にいきました。真っ白な雪と白い湯気がきれいで。……思い出しました。去年の六月にも、大井川鐵道に乗って、崎平駅から歩いて、ほたるの里というところで、源《げん》氏《じ》蛍《ぼたる》を見ました。まるで夢を見ているような気分でした」

そういった君世は、はっと夢から醒《さ》めたような表情をしてから、顔を両手でおおった。

そして手のなかで、

「わたしが、もっと気を配っていれば、延岡さんは、あんなことにはならなかった」

といって、背中を震わせた。

茶屋は、君世の光った目にもう一度きいた。延岡に違法薬物を売った人間がいることである。

君世は首をかしげていたが、延岡と食事をしていたとき、彼は面白い人の話をしたことがあったといった。

「どんな人のことでしょうか」

「亀岡物産が社員募集をしたところ、応募してきたうちの一人のことでした」

君世は、光った目を指で拭《ふ》いて話しはじめた。

3

今年の三月、豊橋市の亀岡物産は、営業部員補充のための社員を募集した。面接にきたうちのひとり、二十六歳の男Fは、ずいぶん風変わりだったという。曇り空の肌寒い日だったのに、Fは薄い色のワイシャツに黒いズボン姿で、つっかけを履いていた。他の応募者のほとんどがスーツだったので、面接を担当した延岡はFに興味を抱いて、あらためて履歴書に目を通した。

Fは、静岡市清水区の魚市場と倉庫に勤務し、倉庫会社を退職したと書いてあり、住所は清水区だった。

魚市場を辞めた理由をきくと、市場内で魚介類を販売していたが、新たに食堂をはじめて、そこで働くようにといわれたのが不満だといった。倉庫会社を辞めた理由は、常温倉庫から冷凍倉庫へ転勤させられたのが気に食わなかったと答えた。

延岡は、後日通知するといってFを帰そうとした。するとFは、持っていた布製の袋から密閉された紙袋を取り出し、お茶の葉を原料にした栄養剤で、健康増進に効《き》くので買ってもらいたいといった。社員募集に応募してきた者が、商品を買えというのはきわめて稀《まれ》なことだと思いながら一袋買うことにした。それは想像以上に高値だった。Fは、『ありがとうございました』といって、去っていった。

選考の結果、延岡は、Fを採用してみたいといったが、社長は反対だった。だいいち服装が気に入らない。馴《な》れ馴れしくて厚かましい。

『ああいう男を、私は嫌いなんだ』といい、採用しなかった。

その後、何日間か、延岡の頭にはFの印象が残っていた――

「たしかに面白い男ですね。その男の情報は……」

茶屋は君世にきいた。

「亀岡物産には、その人の履歴書が残っているんじゃないでしょうか」

茶屋はうなずき、お休みのところを訪ねて悪かったといった。君世は、あしたはトラックで盛岡《もりおか》へいくことになっているといった。

「お父さんは、寝《やす》んでいらっしゃるんですか」

「けさ電話したら、寝ているほどじゃないっていいましたので、あしたは助手席に乗っていくような気がします」

といって、笑った。

茶屋は車にもどると取材ノートを開いた。そこには豊橋市の亀岡物産の社長からきいたことが走り書きしてあった。

社長に電話し、会社が社員を募集したら、風変わりな男が応募してきたそうですが、というと、

「風変わりな男……」

社長は首をひねったようだったが、

「思い出した。肌寒い日だったのにシャツ姿で、しかも履いていたものはつっかけだった。なんだか会社をバカにしているような気がしたのを憶えていますが、その男のことですか」

といった。

「そうです。清水からきたといったそうです」

「茶屋さんは、その男のことを、だれからおききになったんですか」

「延岡さんが亡くなったときに一緒だった西島君世さんという女性からききました。延岡さんと食事をなさったとき、延岡さんが面白そうに話していたということです。……西島さんは現在、東京の池袋に住んでいます」

茶屋は、社員募集に応募してきた風変わりなFという男の氏名と住所を知りたいといった。

社長は、履歴書が保管されているはずだから、それを見て連絡するといって電話を切った。応募のさいの書類を見て、それを他人に伝えるのは違法行為だということは承知のうえだろう。

十分ばかりすると亀岡社長から電話があった。男の名は福山桃数《ふくやまももかず》。住所は、静岡市清水区入江。電話番号は記入されていないという。

茶屋は、清水の料亭・舟よしの社長である小芝基成を思い付いた。連日、ヒマな人を見つけては将棋か麻雀にふけっている。金を賭けているので真剣なのだという。

その小芝に電話した。すぐに渋い声が応えた。

「目下《もつか》、対戦中ですか」

「いや、負けました。いまはギャラリーです」

口は笑っているようだ。

「清水に住んでいるらしい、ある男をさがしています」

「どういう男をですか」

「清水の魚市場と倉庫に勤めていたことがあって、今年の三月ごろ、職を探していました。ある会社の社員募集に応募したさい、シャツ姿でつっかけを履いていたので、面接をした人の印象に残った。福山桃数という名で、当時の住所は入江でした。その男がいまなにをしているかを知りたいのです」

小芝は、すぐにあたってみるといった。心あたりにさぐりを入れてみるということらしい。

事務所には五、六分で着ける青山《あおやま》通りを走っているところへ、ハルマキが電話をよこした。車を停めて出ると、

「先生」

彼女は、そういっただけで黙っている。

「なにか、急な用事か」

「ずっと留守をして、事務所が心配にならないんですか」

「急に、どうしたんだ」

「きょうは朝から、無言電話が何回も。わたしが電話を取ると切られてしまうんです」

「サヨコが出ると、相手はなにかいうのか」

「サヨコが出ても切られてしまうんです。相手は、先生が事務所にいるか確かめてるんじゃないかって思うんです」

茶屋は、そうかもしれないといった。

「先生は、何日も事務所にいないけど、いつ帰ってくるんですか」

「いますぐ帰る」

茶屋は電話を切った。

日に何度も固定電話にかける。サヨコかハルマキが応じると、なにもいわずに切る者がいる。相手はだれで、電話をかける目的はなにかを考えているうちに事務所についた。

「ひゃっ」

サヨコとハルマキは胸に手をあてた。

「二人とも、どうしたんだ」

「急に帰ってこないで。びっくりするじゃない。帰ってくるんなら、何時に帰るっていって」

茶屋は無言でデスクに鞄《かばん》を置いた。それを待っていたかのように固定電話が鳴った。呼び出し音が四つ鳴ったところで茶屋が、「はい」と応えた。相手はなにもいわず、茶屋の呼吸を三十秒間ぐらいうかがって切った。茶屋が事務所にいることを確かめたように受け取れた。

茶屋は、六月十日から恋路ヶ浜のホテルで数日、延岡光一郎と過ごしていた西島君世の生い立ちや、伯母の家で中学を卒えるまでの暮らしを、原稿用紙に書きはじめた。寸又峡温泉で死亡した宇都宮正章と一緒にいた金木はるかのことも、大井川ホテルで死亡した室町秀樹と何日か過ごした杉山克美のことも、書くつもりである。

午後六時になった。サヨコとハルマキは帰り支度《じたく》をはじめた。

茶屋のスマホに電話が入った。清水の小芝からだった。

「福山桃数のことが分かりましたよ。茶屋さんから福山の名をきいたとき、どこかで会ったことがあったような気がしたものですが、やっぱり会ったことのある男でした」

「対戦したことのある人だったんですか」

「そうではありません。友だちの紹介で会って、ずっと前に一度だけ一緒に食事をしたことがありました。生い立ちが普通とはちがっていたので」

「普通とはちがっていた……」

「五代目だか六代目の次郎長《じろちょう》に、可愛がられていた男だったんです」

「清水の次郎長に。可愛がられていたとおっしゃると、弟子のような間柄ですか」

「いや、母親が次郎長の家のお手伝いをしていたようです。……本人を紹介しますので、清水へおいでください」

茶屋は、そうすると答えた。

福山桃数という男は、亀岡物産の社員募集に応募したのに、面接を担当した延岡に栄養剤のようなものを売りつけたのだった。もしかしたら福山は、ＡＩＰＣａｒｏｌを扱っているか、扱っている人物を知っているのではないか、と茶屋は思った。

福山は現在も清水に住んでいるようだ。いまはどこかに勤めているのではないかと小芝にきくと、真砂《まさご》水産という会社の会長が乗る車の運転手をしていることが分かったといった。茶屋はあした、小芝に会いにいくことにした。

彼は書棚をにらんでいたが、「日本人名辞典」に腕を伸ばした。「清水次郎長」の項を開いてみた。

「一八二〇〜九三（文政《ぶんせい》三〜明治《めいじ》二十六）幕末・維新期の任俠《にんきよう》。船頭《せんどう》三右衛門《さんえもん》の三男。母の弟米問屋山本次郎八《やまもとじろはち》の養子。――駿河《するが》国清水藩生まれ。本名・山本長五郎《やまもとちようごろう》で次郎長は略称。――幼時より粗暴でよく喧嘩《けんか》をし、養父の死後家業に精を出す。二十二歳のとき博徒《ばくと》の群に身を投じ、俠名《きようめい》次第に高まり幾度か博徒仲間と抗争、殺傷多数。なかでも甲《こう》州黒駒勝蔵《しゆうくろこまのかつぞう》、尾州穂北《びしゆうほきた》（保下田《ほげた》）の久六《きゆうろく》、伊勢桑名《いせくわな》の穴太《あのお》（安濃）徳《とく》との抗争は有名。

一八六八（明治一）倒幕軍東海道総督府より道中探索方を命ぜられ帯刀許可となる。同年幕府脱走艦咸臨丸《かんりんまる》が清水港で敗《やぶ》れると、旧幕兵の死骸を葬《ほうむ》り建碑《けんぴ》。維新後、七四県令大迫《おおさこ》貞清《さだきよ》や山岡鉄舟《やまおかてつしゅう》の勧《すす》めと後援で四人を使役《しえき》して富士の裾野《すその》開墾《かいこん》に従事。また蒸気船の建造をすすめ、青年のために英語教師を招聘《しょうへい》するなど、清水の発展にも尽力《じんりょく》。官公界・博徒の世界に隠然《いんぜん》たる影響をもった。清水の梅蔭禅寺《ばいいんぜんじ》に墓がある」

茶屋はこれを読んで、自分の母がたびたび語っていた祖父のことを思い出した。

祖父は公務員だったが勤勉でなく、しょっちゅう頭が痛い、足が痛くて歩くのが苦痛だといっては欠勤していた。そのうちに上司から、勤めをやめたほうがいいといわれ、出勤しなくなった。そういう人だがなぜか次郎長が好きで、どこからか浪曲師《ろうきょくし》、広沢虎造《ひろさわとらぞう》のうなる「次郎長伝」の古いレコードを買ってきて、蓄音機《ちくおんき》で繰り返しきいていた。何十回もきくうちにその浪曲を覚えてしまい、人にきかせていたという。

4

きょうの茶屋は東海道新幹線で静岡へいき、普通列車に乗り換えて清水に着いた。列車からも富士山がくっきりと見えていた。日本一秀麗《しゅうれい》といわれているこの山は、いつ何度見ても飽きない。世界には富士に似た山容の山はいくつもあるらしいが、両裾をこれほど長く引く山はほかにはないといわれている。

茶屋は列車内から小芝に電話した。すると小芝は、清水区役所の近くの「しみずマリン」というカフェで会おうといった。

小芝は、舟よしという料亭の社長だが、毎日やらなくてはならない仕事はないらしい。女将をつとめている妻がしっかりしているからにちがいない。

広いガラス張りのカフェはすぐに分かった。小芝は壁ぎわの席で腕を組んで目を瞑《つむ》っていた。くたびれたような色の麻のジャケットを着ていた。空《から》になったコーヒーカップの横に皿があった。トーストでも食べたのだろう。

「やあ、いらっしゃい」

彼は目を開けると黒い文字盤の腕時計を見て、福山桃数は間もなくやってくるはずだといった。

「真砂水産というのは、大きい会社ではありませんか」

有名企業なので茶屋は知っていた。

「静岡県内では最大の水産会社です」

「その会社の会長の車の運転手の福山さんは、多忙なのでは」

「どうなんでしょう。きのうの電話では、きょうはたっぷり暇な時間があるようなことをいっていました」

小芝がそういったところへ、小型の鞄を持ち、白地に紺の細い縞《しま》のジャケットに紺のズボンのやや細身の男が近づいてきた。身長は一七〇センチぐらいで髪は短い。顔は陽焼けしているらしく赤黒い。それが福山桃数だった。

「遅くなりまして、申し訳ありません」

彼は両手をズボンにあてて腰を折った。亀岡物産へは、三月だというのにシャツ姿で応募した男なのに、きょうはいくぶん派手に見える服装だ。眉尻はぴんとはね上がっていて、目は細い。鼻は高く、唇は薄い。ちょっとつっぱっているようだが、根はお人よしに見える。

茶屋は立ち上がって名刺を渡した。

「私は、茶屋さんのお名前とお仕事を知っていました。それでお会いする気になったんです」

福山は名刺がないといった。

椅子にすわった福山に小芝が、きょうは暇なのかときいた。

「会長はけさ病院の人間ドックへ健康検診のために入りました。三日間入院して検査を受けるので、その間、私は休みです」

福山は、小芝と茶屋の顔を交互に見て話した。コーヒーをブラックで旨そうに飲んだ。

「茶屋さんは、あんたが、何代目かの次郎長に可愛がられていたのを知って、どういう人かに興味を持たれたんだ」

「そうでしたか。自慢するほどのことではありませんが、私は普通の家庭の子とは少しちがっていたと思います」

どのような幼少期だったのか話してくれないか、と茶屋は目を細めていった。

「私の父は船乗りでした」

古風ないいかただが、福山にはそれが似合っていた。

「四人乗りの船で、冬の海へ出て、それきりもどってこなくなったんです。南方の海で嵐に遭って、船が木っ端微塵《こっぱみじん》に壊れてしまったのか、それとも暖かくて住み心地のよさそうな島にたどり着いたので、日本へ帰りたくなくなって、そこに住みつくことにしたのかも……」

「まさか」

小芝がくすっと笑った。

「母は、どこで習ったのか、和服の仕立てができる人でした。それを次郎長の愛人がききつけて、母に着物を縫わせたんです。それの出来がよかったらしく、愛人の弘子《ひろこ》さんは母に何着も着物を縫わせました。着物だけでなく自宅へ招いて布団もつくらせ、台所にも立たせました。……弘子さんの家は千歳町《ちとせちょう》の巴川の縁《ふち》にありました。その家には週に一度、人が集まりました。二階の窓を閉め切って花札賭博《とばく》が開かれるんです。やってくるのは、清水の商店の旦那《だんな》衆でした。その日には、酒と肴が要《い》るので、母は料理づくりを手伝うことになりました。……小学生の私は、学校が終わると家に帰らず、弘子さんの家へいき、弘子さんと母が立っている台所のテーブルで、宿題をやったり、絵本を見たりして、そこで夕飯を食べ、弘子さんの部屋の隣の赤い布団に寝ていました。……次の日は、弘子さんがつくってくれた弁当を持って、学校へいきました。ある朝、その家を出るところを、出勤する先生に見つかり、『なぜあの家から出てきたのだ』と、歩きながらきかれました。母が働いている家なのだと私がいうと、先生は、『あの家に泊まるのはよくない』といいました。その家に住んでいる弘子さんがどういう人なのかを、先生は知っていたんです。忠告は受けましたけど、私はたびたび弘子さんの家へ泊まりました。……学校で、弘子さんがつくってくれた弁当を開くのは恥ずかしかった。白いご飯の上にハート形のピンクのデンブがのっていたり、黒いのりとグリーンピースとキュウリで顔がつくってありました。教室でそれが評判になって、『福山、早く弁当の蓋《ふた》を開けろ』などといわれたものでした」

福山は小芝に断わってコーヒーのお代わりを頼んだ。

「あんたのお母さんは、その弘子さんの家へ、あんたがいくつのときからいってたんだね」

小芝がきいた。

「小学校へ上がる前の年からだったと思います」

「弘子さんというのは、どこの人……」

「清水の小さな菓子屋の娘だったそうです。彼女には妹さんが二人いて、二人とも県の美人コンテストに出て、賞をもらったということでした。弘子さんは高校を卒業して、どこかに勤めていたんですが、次郎長の目にとまって、十九のときに愛人になったんです」

「いまは、いくつ……」

「三十八、九だと思います」

「次郎長を名乗っている人は、加古定《かこさだむ》といって、五十五、六歳だったが、あんたと縁のあるのはその人だね」

小芝は、加古定を見掛けたことがあったといった。

「そうです。太っ腹でいい親分でした」

小学生だった桃数は、弘子の家で賭博が開かれると、そっと階段を這《は》いのぼって、ふすまの透き間から、真っ白い布団に花札を打ちつけている男たちの姿をのぞき見していた。そこを次郎長に気づかれ、そのときだけは頭に瘤《こぶ》ができるほど殴《なぐ》られた。それ以外に次郎長に叱られたことはなかった。彼は桃数を「坊《ぼう》」と呼んでいた。日曜には釣り竿をかついでいき、巴川に糸を垂れた。ごくたまにボラがかかった。が、釣り上げた魚は川にもどした。

次郎長は黒い乗用車に桃数を乗せて、久能山東照宮《くのうざんとうしょうぐう》へも、日本平《にほんだいら》へも、三保の松原へも連れていってくれたし、梅蔭禅寺で初代次郎長の墓と銅像に手を合わせたこともあった。

その次郎長こと加古定は今年の一月、病没したのだという。

「弘子さんという人は、どうしたんだろう」

小芝は桃数の目をのぞいた。

「八木《やぎ》弘子さんは巴川沿いの家に今も住んでいます。一か月ばかり前に寄ってみたら、親分がやっていた干物屋へ勤めることにしたっていってました」

生前の次郎長は、清水の魚市場で魚屋と、区内で干物屋と小料理屋とすし屋を営んでいた。本妻とのあいだには子どもはいない。弘子は本妻だった人とも行き来があるらしいという。

黙って桃数の思い出話をきいていた茶屋は背筋を伸ばした。

「あなたは、ＡＩＰＣａｒｏｌという薬を知っていますか」

と、桃数の顔をじっと見てきいた。

「知りません。栄養剤ですか」

「男性が服むとよく効く薬です。効きすぎて、何人かが死んでいます」

「死んだ……。危険なものですね、それは」

「違法薬物に指定され、警察もそれを扱っている人をさがしています。そういうものを扱っていそうな人物に、心あたりはありませんか」

「薬品を製造しているところや、それを売っている人を知っていますが、服めば死ぬようなものを扱っている人なんて……」

知らない、と桃数は首を振った。

彼は腕組みしていたが、ＡＩＰＣａｒｏｌの製造元は日本かときいた。

「アメリカのようです」

「じゃあ、それを売っている人間は外国人じゃないでしょうか」

その可能性は高いと茶屋はいった。

「茶屋さんは、その危険な薬物の値段を知っていますか」

桃数の瞳は光っていた。

「三十万円から五十万円だといわれています」

「値段も破格ですね」

「経済的に余裕のある人たちだったので、それを買って、用いてみた……」

茶屋は、ＡＩＰＣａｒｏｌを服用した三人の最期のもようを話した。

「折角《せっかく》のたのしみが、地獄に変わってしまったんですね」

茶屋と桃数の会話をきいていた小芝がつぶやいた。

「まさに天国から地獄へです」

茶屋は冷めたコーヒーを飲んだ。

「以前、あんたはサプリのような物を売っていたことがあったじゃないか」

小芝が、思い出したというふうに桃数にいった。

「ええ、お茶を原料にした健康食品を」

桃数は答えた。

「それを、どういうところから仕入れたの……」

「川根の製造元からです。それは『ちゃちゃのちから』という名称のサプリメントで、値段は高めですがよく効くといわれていました」

「どんなふうに効くの……」

「からだがだるいとき、それを服むと治るし、お腹がすくんです。私は自分で試してみましたけど、食欲が出て、無性《むしょう》に肉を食いたくなって……。一か月のあいだに三キロも体重が増えたので、服むのをやめました。食事が細くなった年配者が服むといいんです」

「いまは持っていないの」

「持っています。召し上がりますか」

「最近、食欲がないんだ。ご飯をしっかり食べられない」

桃数は店の人に水を頼んだ。

小型の鞄から取り出したのは緑色の紙箱で、お茶の葉がデザインされていた。箱から小袋を出して封を切った。出てきたのは白いカプセルが二錠。箱には小袋が五つ入っているという。

小芝は錠剤を二つ手のひらにのせて見てから、水で服んだ。

「一箱、いくらなの」

「五千円です」

「高いんだね。私は、目がかすむことがあるんで、それに効くというやつを服んでいるが、それの一か月分は千二百円だよ」

桃数は小芝のいっていることをきいていなかったように、

「一時間ばかりすると、お腹がすいてきますよ」

と、微笑していった。「ちゃちゃのちから」の効き目には自信を持っているようだ。

「茶屋先生、食欲がなかったら、どうぞ」

桃数は緑色の箱を、茶屋のほうへ押し出した。

「私は、日に二度三度、メシを食いたくなるが……」

といって、箱を手にした。「ちゃちゃのちから」の製造元は川根本町の「大井川緑興《りょっこう》株式会社」となっていた。

「福山さんは、この会社へいったことがありますか」

「あります。『ちゃちゃのちから』はそこから直接仕入れたんですから」

「どなたかの紹介でその会社を知ったんですか」

「なにもすることがなかったので、大井川に沿って、青部《あおべ》から千頭まで歩いていたんです。そうしたら香ばしい匂いが風にのってきました。その匂いの元はすぐに分かりました。茶畑に囲まれた工場でした。そこをのぞいていたら、男の人に『お茶を飲んでいけ』

って誘われたんです。お茶の加工をしているところなんて、見たことがなかったんで、工場内に入りました。おいしいお茶をご馳走になりながら、なにをつくっているのかをきいたら、健康増進のサプリメントだっていわれて、『ちゃちゃのちから』を見せてもらいました。売れているのかってきいたら、からだにいいものなのだが売れないっていっていいました。売り値をきいたら、手間をかけているので一箱五千円だと。……私は、あとで支払うのでそれを売らせてくれないかと頼んで、十箱預かって帰りました」

預かった十箱はすぐに捌《さば》けた、という。

茶屋は、桃数のいう大井川緑興という会社へいってみたくなった。

5

茶屋と福山桃数は、大井川本線の新金谷から二両連結の電車に乗った。乗る前に少し時間があったので線路の外を見て歩いた。全長十一メートルあまりの蒸気機関車がさびたレールの上に据えられていた。昭和十二年に日本車輌製造で製造され、現役時代は岡山や長野を走っていて、中央本線の木曽福島《きそふくしま》機関区で現役を退《しりぞ》いたという。駅構内には古い客車が展示されていて、さながら鉄道博物館を見ているようだった。

列車は山の麓《ふもと》の広い河原を車窓に映して、のどかな音をさせて走った。風をきって走る高速列車に乗り慣れた者には、居眠りが出そうだ。

ほぼ一時間で青部に着き、すぐに大井川を渡った。川は二股にも三股にも岐《わか》れて白い石河原のあいだを流れていた。山裾の木の枝が車窓に触れそうなところもあった。

二人は崎平で列車を降りた。木造平屋の無人駅だ。構内には枕木で囲った花壇がつくられていた。「ほたるの里」という看板が目に入った。桃数の話によると駅から二キロほどの富沢《とんざわ》というところが湿地帯で、そこは蛍の観察広場があるという。それは六月の夜の風景だ。

大井川を見下ろしながら五、六百メートル坂道を登ると、古い学校の校舎のような建物が二棟あらわれた。広い庭の入口には「大井川緑興株式会社」の文字が彫《ほ》られた門柱があって、お茶を焙《あぶ》っているような香りが鼻をくすぐった。

桃数が、お茶で染めたような色のシャツを着た男に、社長に会いたいと告げた。

白髪頭の長い顔の男が出てきた。

「おや、福山さんじゃないですか」

長い顔の男は梅垣《うめがき》という姓の社長だった。

「きょうは、お客さんをお連れしました」

桃数は茶屋を社長に紹介した。

社長は茶屋を、製品を買ってくれる人と思ってか何度も頭を下げて、応接室へ通した。

その部屋の壁には大きな月の輪熊の絵がかかっていた。熊は親子で、緑の絨毯《じゅうたん》の上にすわっている。

「蒸した茶を干していたら、それを食べにやってきたんです」

熊は社長をじっと見ていたが、十分ほどすると子を連れて山へ帰っていったという。

「茶屋さんとは珍しいご名字だし、うちの商売とは関係がありそうな」

社長は笑い顔をした。

上等のお茶を若い女性社員が運んできた。お茶は香りがいいだけでなく甘みがあった。

「こちらでは、食欲増進を助ける健康食品を製造されていらっしゃるときいたものですから、参考までにあるサプリメントについて、お話をうかがいにまいりました」

茶屋がいうと、梅垣社長は眉間《みけん》に皺《しわ》を寄せた。

「社長は、『ＡＩＰＣａｒｏｌ』という名のサプリメントをご存じですか」

「知りません。どこでつくっているものですか」

「アメリカだといわれています」

「どのような効果のあるものですか」

大井川鐵道のシンボルともなりつつある、
きかんしゃトーマス号

車両に懐かしい印象を受けるのは、
一度引退した電車が
再整備されているから

新金谷駅で展示されていたのは、国鉄のC12形蒸気機関車

水力発電等、高度利用される大井川の水量は多くはない

「水さえ飲んでいれば、五日間は激しい労働や運動に耐えられるというものだそうです」

「五日間も……。冬山に登る人には効きそうですね」

「男性が服むと覿面《てきめん》の効果があるようです」

「それは、精力剤じゃありませんか」

「それを服んで励んだために、亡くなった人が何人もいます」

「それは危険だ」

「私はそのサプリを売っている者をさがしているんです」

「はたしてそれは、アメリカから入ってきたものだろうか」

社長は、劇物や違法薬品に詳しい人を知っている。その人は名古屋の大学の教授で、「ちゃちゃのちから」はその人の考案だといってから、ＡＩＰＣａｒｏｌについて問い合わせてみるといった。

彼は黒いスマホを耳にあてた。「やあ」とか、「先日は」などといってから本題に入った。便箋を前に置いてメモを取った。社長と名古屋の大学教授との会話は十数分におよんだ。

「いま電話したのは名古屋市の愛知理総《りそう》大学の糸井川《いといがわ》教授です。教授はＡＩＰＣａｒｏｌを知っていましたし、それを服用したために亡くなった人がいることも知っていました。

……ＡＩＰＣａｒｏｌを開発したのは、アメリカだといわれていましたが、最近、中国か北朝鮮、あるいはフィリピンではないかという見方がされています。しかし製造元は分かっていません。英語名を付けて外国製といわれているものには、製造元の怪しいものが多いんです」

「とおっしゃると、ＡＩＰＣａｒｏｌは日本国内でつくられた可能性もあるということですか」

茶屋がいった。

「そのとおりです。現物が手に入れば、製造元を突きとめられるんじゃないでしょうか」

社長はメモを見ながらいった。

「現物……」

茶屋は目を伏せてつぶやいた。

ＡＩＰＣａｒｏｌを服んだために死亡した三人は、白いカプセルが入っていた透明の四角形のプラスチックケースを持っていたはず。それは故人の家族に渡っているのではないだろうか。

茶屋と桃数は、社長から「ちゃちゃのちから」を一箱ずつもらって、崎平から列車に乗って帰った。

東京・渋谷の事務所にもどった茶屋は、死亡した豊橋市の延岡光一郎、東京・杉並区の宇都宮正章、静岡市の室町秀樹の自宅に電話して、故人の遺品のなかに四角形の小さなプラスチックケースがあったかを尋ねた。が、三人の家族は、そういうものはなかったと答えた。

そこで、死亡した三人の同伴者だった杉山克美、西島君世、金木はるかに電話した。小さなプラスチックケースを手に入れたかったのだ。

「そのケース、わたし持っています」

と答えたのは足立区梅田のアパートに住んでいる金木はるかだった。彼女は、貴金属商の宇都宮正章と寸又峡温泉のホテルに滞在していた女性だ。

金木はるかは上野のクラブに勤めているときに宇都宮正章と知り合い、親密な間柄になったということだった。

彼女はそのクラブを辞めて、昼間の仕事を続けながら週に三日、べつの店に勤めているということだった。

茶屋は電話で、プラスチックケースを借りたいといった。

彼女とは上野の森美術館で会うことにした。彼女は美術鑑賞にいったようだ。新聞を見ると、上野の森美術館では藤田嗣治《ふじたつぐはる》展を開いていることが分かった。はるかには美術鑑賞の趣味があるのだろう。

彼女とは午後三時に会う約束なので、茶屋は鞄に小型カメラとノートを入れた。

「いいな。わたし、一年以上、美術館へいっていない」

サヨコだ。

「わたしは、もっといってない。土門拳《どもんけん》の写真展を見たきり」

ハルマキは、人差指を顎《あご》にあてて茶屋の前へ立った。

「私も。土門拳の写真は好きだが、ハルマキはどんな写真が……」

「『筑豊《ちくほう》のこどもたち』。棒切れをつかんだ子どもたちのチャンバラごっこがいい」

午後三時少し前、金木はるかは薄紫色のワンピースを着て、白いバッグを腕に掛けて美術館の入口近くで空を仰《あお》いでいた。茶屋の姿を認めると二、三歩前へ出てきて頭を下げた。

藤田のどんな絵があったのかを茶屋はきいた。

「藤田は、一九三三年から五年ほど日本で暮らしたのですが、その間に描いたらしい『自画像』が面白かったです」

「どんな作品でしたか」

「卓袱台《ちゃぶだい》に茶碗やお椀を置いて、食べ残しのものが雑多に並んでいる絵です。好物を絵にしたようですが、食べ残しを描いているところが……」

「ほかには……」

「『姉妹』と、『ノートル＝ダム・ド・ラ・ペ礼拝堂壁画』。最後の作品です」

二人は、美術館のラウンジでお茶を飲むことにした。テーブルをはさんで向かい合うと、彼女はバッグから小さなプラスチックケースを、ハンカチで摘まんで出した。

茶屋も玩具のような透明のケースをハンカチではさんで、検査するように見てから、バッグに収めた。

なぜ店を変えたのかをきくと、店にとってはいいことなのだろうが、飲みにくるたびに、客に一緒に帰ろうと誘われる。それが嫌だったといった。

「茶屋さんはいまも、ＡＩＰＣａｒｏｌを宇都宮さんに売った人をさがしているんですね」

「そうです。それで、宇都宮さんが持っていたＡＩＰＣａｒｏｌのケースが必要になったんです」

「この前もいいましたけど、その調査は危険です」

茶屋と同じ目的の調査をしていたらしい名古屋の探偵事務所の調査員だった的場啓介が、大井川で殺害されたことを、彼女は指しているのだった。

的場という男の調査は、茶屋よりも一歩も二歩も核心に踏み込んでいたのではないか。危険だというが、的場がなにをつかんでいたかを茶屋は知りたかった。

電話が鳴った。ハルマキからだ。

「たったいま、窓ガラスが石で割られました」

茶屋事務所の窓に石を投げつけた者がいる。

「石だけか」

「石を紙で包んで。紙には、『荷物をまとめてとっとと田舎へ帰れ』って、黒い字で書いてあります」

「とっとと」といわれても茶屋には帰る田舎はない。

「脅迫だ。すぐに『銀猫《ぎんねこ》』のマスターに伝えて、渋谷署へ電話だ。小さい事件だが、甘く見るな」

一階の銀猫という喫茶店がビルのオーナーだ。

サヨコが電話を替わった。

「わたしたちに怪我《けが》はなかったかって、きかないの」

五章　消える男たち

1

茶屋は名古屋市東《ひがし》区の「みのり川《かわ》探偵事務所」を訪ねた。大井川で殺された的場啓介が勤めていた調査会社だ。高岳院《こうがくいん》という寺の山門と向かい合っているビルの三階にあり、入口のドアの所名は金文字だった。

水色のシャツの女性が出てきて、丁寧な口調で氏名と用件をきいた。彼女は茶屋の名刺を受け取ると奥へ引っ込んだがすぐに出てきて、応接室へ案内した。その部屋の壁には、白波を蹴《け》って走るヨットの絵が飾られていた。

実川《みのりかわ》という五十代の所長が入ってきて、

「旅行作家の茶屋次郎さんですか」

と、笑みを浮かべた。

「ご立派な事務所ですね」

「いや、大したことはありません。儲《もう》けの薄い商売です」

調査員は二十八人いて、仕事は途切れたことがないという。

茶屋は、的場調査員に対しての悔みを述べた。

「調査員が重大事件に遭《あ》ったのは、初めてです。的場が事件に遭うと、怖れをなして、調査員が二人退職しました」

所長は渋い顔をした。

的場は、寸又峡温泉の緑河荘ホテルへ聞き込みにいったあと、何者かに後を尾《つ》けられていた。大井川の河原から、鉄橋を渡る列車でも眺めるつもりで、白い石河原を歩いていたのだろう。

「事件は、的場さんが、緑河荘ホテルで聞き込みしたことと、関係がありそうですか」

茶屋は所長の表情をうかがいながらきいた。

「茶屋さんは、同業者のようなものですからお話しますが、的場は、ホテルの客の宇都宮正章さんの死亡について不審な点がなかったかを知るために、緑河荘ホテルを訪ねました。ホテルではお客さんのプライバシーに関することは答えられないといって、聞き込みに応じてくれなかったが、ホテルの従業員の一人からあることをきいたんです。……宇都宮さんは三泊の予定を予約していましたが、女性と一緒に到着する前日、男がホテルへきて、『宇都宮さんが到着したら渡してもらいたい』といって、封筒に入ったものを置いていったそうです」

「それをあずけていったのが、どんな人だったかを、従業員は憶えていたでしょうね」

「外国人だったと従業員は記憶していたと、的場は電話をよこしました。彼は、電話をよこした日に殺されたんです」

「外国人だったといったんですね」

茶屋は念を押した。

所長は、茶屋の反応を見るような目をしてうなずいた。

今回の調査中に茶屋は、気になる二人の外国人の名を知った。

フローラン・ジュベールという名で四十歳見当。自称フランス生まれのアメリカ育ちで、フランス語、英語、日本語が堪能という。彼は清水の舟よしで何度か食事をしたことがあると、小芝基成からきいている。主にダイヤモンドを扱っている貴金属商。東京都港区高輪のマンションを自宅兼事務所にして日本人らしい美人と住んでいたが、今年の七月、アメリカへ帰ることになったといって退去した。

六月に恋路ヶ浜のホテルで死亡した豊橋市の延岡光一郎の名刺ホルダーには、ジュベールのほかにもう一人の外国人の名刺が遺《のこ》されていた。アンジェイ・スイキャットで新宿の「キリコ」という会社に所属しているとなっていた。

茶屋は、二人の外国人の名を記しているノートを閉じた。

寸又峡の緑河荘ホテルへ、外国人らしい男がやってきて、宇都宮正章が到着したら渡してもらいたいといって、封筒に入ったものをフロントにあずけた。もしかしたらそれはAIPCarolだったのではないか。

宿泊するホテルに品物を届けさせたということは、そこに滞在中に必要なものだったということが考えられる。

茶屋は、二人の外国人の身辺《しんぺん》を探ることを思い立って東京へもどった。

事務所で茶屋は、窓を背にするようにデスクを据えている。背にしている窓ガラスの一枚が新しくなっていた。ほかのガラスはいくぶん黄色味を帯《お》びている。その窓はめったに開けない。開けると、立体駐車場と高層のホテルが目の前に迫っている。窓の下は猫の通り道のような暗くて細い路地だ。茶屋事務所、いや、茶屋次郎に恨みを抱いている何者かは、その路地から紙に包んだ石を窓に向かって投げつけたのだろう。

石を包んだのはA4判の白いコピー用紙。それは現場を見にやってきた警官が持ち去ったという。その用紙には、「荷物をまとめてとっとと田舎へ帰れ」と書いてあった。サヨコがスマホで撮った写真を見たが、茶屋には、なにをされても帰る田舎はない。用紙にフエルトペンらしいもので書かれた文字は右下がりで下手くそだった。

石は黒っぽいが血管のような赤い条《すじ》が入っていた。

「隕石《いんせき》じゃないかしら」

ハルマキ。

「バカ。隕石が手紙を書くか」

サヨコ。

茶屋は、渋谷警察署の刑事課へ招《よ》ばれた。五十を二つ三つ出たと思われる大滝《おおたき》という刑事と向かい合った。

「あなたは、事務所にいなかったので被害に遭わなかったが、事務所でデスクに向かっていたら、投げつけられた石が頭にあたって、大事《おおごと》になっていたかもしれません。たまたま地方へ出張していたということですが、運のいい人ですね」

被害に遭わなかったのが不思議だといっているようだ。

「茶屋さんは、あちこちを歩いて、その土地で発生した事件などを調べて、それを週刊誌に書いていますが、いままでに脅迫と思われる被害に遭ったことがありますか」

「なかったと思います」

あったような気がするが、隠した。

「ルポライターのような仕事をしている人は、たいてい一度や二度は、危険な目に遭っています。茶屋さんはこれまでに、殺人事件に首を突っ込んだこともあったようですが、なにも被害に遭ったことがないというと、やはりよほど運のいい人なんですね」

無傷だという茶屋を恨んでいるようないいかただ。

「茶屋さんは、現在、どんなことを調べてるんですか」

「とある二人の外国人の身辺を調べる予定でした」

「二人は、なにをしている人ですか」

「それが分かってないので……」

「なぜ、その二人の身辺を知りたいのですか」

「貿易商のようですが、それは真実かなと……」

「二人は、なにかの事件に関係していそうなんですね」

「分かりません。分からないので調べるつもりです」

「その二人は正体を知られたくない。最近、茶屋次郎という人が、正体をさぐろうとしているらしい。それは二人にとって迷惑なこと。そういうことは考えられませんか」

「さあ……」

「その二人が、怪しいことをしているらしいというのなら、警察が調べます」

「怪しいことをしていると分かったら、通報します」

大滝は、恨めしそうな顔をした。茶屋はその顔を見ながら椅子を立った。

大滝は、危険を感じたらすぐに通報するようにといった。警察官の彼は市民の安全を考えていっているにちがいなかったが、いまの茶屋には、憎んでいっているようにしかきこえなかった。


事務所にもどると銀猫のマスターが、サヨコとハルマキに向かって立ち話していた。

「石を投げつけたヤツは、茶屋さんを痛い目に遭わせるつもりだったんでしょうか」

白いシャツを腕まくりしたマスターは、まるで茶屋を初めて見るように全身に目を這わせた。

「そうだと思う」

茶屋は答えた。

「茶屋さんは、そういうことに慣れているみたいに落ち着いているけど……」

「慣れてなんかいないよ」

「同じようなことが、これからも起きるようだと、考えなくちゃならない」

五十代半ばのマスターは、毛の生えた腕を組んだ。

「考えなくちゃって、なにを……」

「ほかのテナントにも、迷惑が及ぶっていうことです。茶屋さんは、旅行作家としては売れっ子のようだけど、いろんな人から恨まれているんじゃないの」

「重大事件にかかわることを調べているんで、世間には、私を恨んでいる者が、うようよいると思うよ」

「うようよ……。ここは駅に近いんで、借り手はいっぱいいる。きのうも設計事務所の人が、空室はないかってききにきました」

「そうかい。ここを出ていって欲しいんなら、遠まわしに嫌味なんかをいってないで……」

マスターは、そうはいってない、といって、部屋じゅうをあらためて見まわすと、わざとらしい咳払《せきばら》いをして出ていった。

「先生は、マスターとは十年来の知り合いっていうけど、好かれてないいんだね」

サヨコが下唇を突き出した。

デスクの電話が鳴った。サヨコが受話器を上げた。相手は牧村。「女性サンデー」に連載する名川シリーズ「大井川」の初回の原稿をそろそろ送ってもらいたい、と彼はいったらしい。

サヨコは、事務所に石が投げ込まれたことを話した。

「先生がいないときだったけど、いたら大怪我《けが》をしたかも」

そういうとサヨコは茶屋に背中を向け、送話口を手で囲み、声を小さくして笑うと、電話を茶屋に替わらずに切った。

「牧村さんて、面白い人ね」

彼女の顔には笑みが残っている。

「彼はなにをいったんだ」

「石でガラスを割られたことを話したら、先生に死なれても困るけど、少しぐらい怪我したほうが面白かったのに、っていいましたよ」

サヨコは、ひっひっひっと笑った。

2

茶屋は新宿駅西口を出たところで空を仰いだ。高層ビル群の上空を白い雲が走るように流れていた。天候が変わる前兆のようだ。見ているあいだに蒼空《あおぞら》が消えていった。

付近を十分近くさがして古そうなビルに着いた。アンジェイ・スイキャットという男が持っていた名刺の「株式会社キリコ」の所在地だ。社名がずらりと書かれた看板の中央部の五階に「キリコ」のプレートがあった。

エレベーターで昇って、社名の出ている灰色のドアを見つけた。ドアをノックすると、女性の声が、「どうぞ」と応えた。

黒っぽい色のワンピースを着た四十歳見当の女性が椅子を立った。彼女の背後には三か四つデスクがある。電話で話している女性の背中が見えた。

「アンジェイ・スイキャットさんという方がお勤めになっていますね」

「いましたが……」

女性は暗い表情をして口をつぐんだ。

「お辞めになったということでしょうか」

「辞めたのではなくて、ここへ出てこなくなったんです」

「出勤しなくなった。……それは、いつからでしょうか」

「七月下旬からだったと思います」

「本人と連絡が取れないということですね」

「ええ。……あなたは、スイキャットとはどういう関係なのでしょう」

三島《みしま》と名乗った彼女は、茶屋の正体をさぐるように目に力を込めた。

茶屋は、あるところでスイキャットの名刺を見る機会があったと前置きして、豊橋市の亀岡物産の延岡光一郎という人と名刺交換をしたことがあったらしいと話した。

「亀岡物産とは、どのような事業の会社ですか」

彼女は、あらためて茶屋の全身を見てから自分の横の椅子をすすめた。

「水産物などの食料品を扱う会社です。名刺交換したと思われる延岡さんはその会社の副社長でした」

茶屋はそういってから、このキリコという会社の事業はなにかときいた。

「俗《ぞく》にいう音楽の呼び屋です。最近は少なくなりましたが、以前は、アルゼンチンタンゴのバンドとダンサーをたびたび呼んで、国内公演をしていました。最近はクラシックのオーケストラや、たまにジャズバンドを招致しています。招致が決まると、日程と会場の設定、チケットの準備、メンバーの宿泊場所の確保などをします」

茶屋は、そういう事業があるのを知っていたのでうなずき、スイキャットはどういう仕事を担当していたのかをきいた。

「公演会場と日程の調整を主にやっていました。アメリカへ出演交渉にいったこともあります」

「彼が急に出勤しなくなって、こちらでは困ったのでは……」

「何日間も出勤しないし、連絡が取れないので、ほかの社員が対応しています」

なんの断わりもなく出勤しなくなったというが、それにはどういうことが考えられるかをきいた。

「分かりません。出勤しなくなったんですから、なにか困った事情が生じたのでしょうが、なにがあったのか……」

「こちらの会社とは関係のないことが起きたんでしょうね」

「そうだと思います。うちの会社では仕事の失敗などもありませんでしたし」

電話も通じなくなったのだから、本人の意思で通信手段を断ったということだろう。

何年ぐらい勤めていたのかをきくと、約五年間だという。

「日本語は堪能なんですね」

「会話は堪能です。英語をまじえて話しますが、言葉に困ったことはなかったようです」

人柄をきくと、明朗《めいろう》で活動的。酒が好きでウイスキーをよく飲む。酔うと歌をうたう。日本の古い歌謡曲を知っているという。

「家族をご存じですか」

「独身だといっていました。四十一歳でした。六年前に日本に来る前に、アメリカで離婚したと。アメリカの観光会社に勤めているあいだに日本へきて、当社の社長の栗林《くりばやし》チカ子《こ》と知り合って、その縁で従業員になった人でした」

茶屋は、スイキャットの住所をきいた。

「新宿区北新宿のマンションでしたけど、もうそこには住んでいません」

社員がそこを見にいって、引っ越し済みなのを確認しているという。

転居先は不明ということだったが茶屋は、北新宿のマンションの所在地をきいた。

「急に出勤しなくなったのですから、彼の身に切羽《せっぱ》つまったことでも起こったのでしょうけど、茶屋さんは、彼に疑いでもお持ちになっていらっしゃるんですね」

「漠然《ばくぜん》としていますが……」

「どんな疑いを……」

「もしかしたら、もしかしたらです。危険なものを内密に売っていたのではないかと」

「危険なもの。それはどんなものなのですか」

「薬物です」

彼女が、それにはどんな効果があるのかときいたので、ＡＩＰＣａｒｏｌの説明をした。すると彼女は笑顔で、

「まあ、なんという……」

といって、目を丸くした。

「その薬を売ったのが、スイキャットではとお思いになったんですか」

「あるカップルが、宿泊する予約を、奥大井の寸又峡のホテルにしました。そのカップルが到着する前日、外国人の男がホテルへやってきて、カップルに渡してくれといって、封筒に入れたものをあずけていきました。その外国人があずけたものが、例の薬だったんじゃないかと、私は疑ったんです」

「その外国人が、スイキャットではと……」

彼女は首をかしげた。

「そのカップルの男性は、よく効く、いえ、効《き》きすぎた薬を服《の》んで、七月三日に死亡しました」

「亡くなった……。その日と、スイキャットが出社しなくなった時期が近いと、茶屋さん

はおっしゃるんですね」

茶屋はうなずき、スイキャットの写真があるかを彼女にきいた。

「あると思います」

彼女はそういって立ち上がるとガラスのはまった書棚の前へいった。

背中を向けていた女性は電話を切ったが、またかかってきたらしく、さっきよりも大きい声で話し始めた。相手は親しい人なのか、何度も笑った。

三島は、分厚いアルバムを抱えて茶屋の前へもどってきた。

「これがスイキャットです」

はがき大の写真に五人が並んでいる中央の男性を指差した。

五人のなかでは最も背が高く、笑っている。柔和《にゅうわ》な顔つきの男だ。紺か黒のスーツを着て、太い縞のネクタイを締めていた。

三島は次のページをめくった。半袖シャツのスイキャットは尖《とが》った屋根の建物の前で、やはり笑っていた。傍《かたわ》らで黒い大型犬が舌を出している。長野県白馬村《はくばむら》でのスナップだと三島がいった。

その写真を借りたいというと、彼女は、「どうぞ」といってアルバムから抜き出した。

茶屋はスイキャットの写真を鞄《かばん》に入れて、かつて彼が住んでいた北新宿のマンションの前に着いた。東中野《ひがしなかの》駅の近くで、電車の音とアナウンスがきこえた。そこは焦《こ》げたレンガのような色をした五階建ての古いマンションだった。

家主は、近くの工務店だと分かった。メガネをかけた女性事務員が一人いて、パソコンの画面に目を近づけていた。

「マンションに、アンジェイ・スイキャットという人が住んでいましたが、ご存じですか」

茶屋がきくと、七月ごろまで住んでいたと答えた。

「あなたは、スイキャットさんのことを、よくご存じですか」

彼女はメガネの縁《ふち》に指を触れて、

「よくというほどではありませんけど、何回も会いましたので」

といって、茶屋の正体をうかがうような目をした。

茶屋は、スイキャットに会いたいのだが、どこへ転居したのか知っているかときいた。

「分かりません。急に引っ越すことになったといいにきて、その日のうちに出ていきました」

「荷物運びを引っ越しの業者に頼んだようですが」

「小型トラックに乗ってきて、自分で運転していきました。荷物はテレビと冷蔵庫ぐらいで、洋服なんかを荷台に放り込むようにして、わたしに向かって、運転席から『バイバイ』といって出ていきました」

貴金属商だったフローラン・ジュベールという男の引っ越しかたと似ている。二人には急に、それまでいたところに住んでいられない事情が生じたらしい。二人は祖国へ帰ったのではないだろう。急遽《きゅうきょ》住所を変えたのではないか。

茶屋は、西新宿のキリコへもう一度立ち寄った。会うのが二度目だからか、三島はにこりとした。

スイキャットの引っ越し先は分からなかった、と茶屋がいうと三島は、

「もしかしたらアメリカへ帰ったのかも」

彼女は暗い表情をしたが、茶屋に椅子をすすめて、

「さっき、茶屋さんの業績をネットで見ました」

といった。

「わたしは週刊誌を読みませんので、茶屋さんの最近のお仕事は知りませんでした。日本国内の川を取材されて、その流域で起こった事件などをお書きになっているんですね」

茶屋は目を細めて、「そのとおりだ」と答えてから、

「こちらの会社のことをうかがってよろしいでしょうか」

と断わった。

「どうぞ。どんなことでしょうか」

三島は頬《ほお》をゆるめた。

「社長は栗林チカ子さんだとうかがいましたが、社名のキリコというのは……」

「よくきかれることなんです。この会社は以前、松岡眞一《まつおかしんいち》という人が経営していて、女優だった奥さんの名を社名にしたんです」

「松岡キリコさん。映画で観た記憶があります」

「松岡は重い病気になったことから、社長を引退しました。前社長の片腕だった栗林が、会社を引き受けることにしたんです。栗林のお父さんは、映画の業界では知らない人がいないといわれている照明監督の栗林洋次《ようじ》です」

「知っています。最近は『ちゃんばら』というテレビドラマを撮っていましたね」

「よくご存じですね」

「そのドラマだけは、毎回観ていましたので」

栗林父娘のこれまでもドラマチックだったのだと彼女はいった。

ドラマチックとは、どんなふうだったのかを茶屋はきいた。

栗林洋次の妻は病気がちで、入退院を繰り返した末に亡くなった。洋次は三歳か四歳の一人娘のチカ子をおぶって仕事にいった。映画やドラマの撮影現場である。照明係の洋次は現場では多忙だった。地方でのロケもあったが、彼はチカ子を連れてきていた。チカ子の食事や面倒は手のすいているスタッフが見ていた。スタッフに抱かれて眠る夜も珍しくはなかった。安宿の毛布にくるまって、夜中にオッパイをさわらせてくれたスタッフもいたという。新潟県内でのロケのとき、撮影現場で土砂崩れが発生し、数人のスタッフと一緒にチカ子も崩れてきた土砂に巻き込まれた。警察や消防の人たちとともにスタッフは崩れた土砂を掘り返した。チカ子は、スタッフの一人に抱かれて救出された。彼女を胸に抱いていたスタッフは重傷を負っていたが、チカ子は無傷だった。

その後、チカ子は松岡眞一、キリコ夫婦の家にあずけられて高校を卒業した。学校を出るとすぐに父の助手をつとめていたが、何年かしてから眞一に招ばれて、キリコに入社して呼び屋の要領を覚えた――

「社長はいまも出演交渉にアメリカへいっていますけど、四、五日後には帰国することになっています」

社長のチカ子は四十九歳で独身。いままで艶《つや》っぽい噂が立ったことのない人だと三島は語った。

「チカ子さんをモデルにしたドラマができそうですね」

「お父さんは、チカ子さんの半生をドラマにしたいといっているそうです」

茶屋は、いい話をきいたといって頭を下げた。

3

茶屋は、奥大井寸又峡の緑河荘ホテルの石畳を踏んで入り口前に立った。ホテルは白い壁の三階建てで、一階は和風である。建物全体が樹木に包まれていて涼しげだ。姿は見えないが木にとまっているらしい野鳥の声がきこえた。

フロントのカウンターの板は厚く、黒光りしている。縁なしメガネの年配の男が茶屋を迎えた。

六月下旬のことだが、宿泊客の宇都宮正章氏が到着したら渡してもらいたいといって、封筒をあずけた男がいたらしい。その人は外国人だったが憶えているか、と茶屋はきいた。

「はい、憶えています。私が応対しました。俳優のような好青年でした」

「この人では」

茶屋はいって、スイキャットの写真を見せた。

男は写真をじっと見てから
「この方だったと思います。外国人のお客さまは何人もおいでになりますけど、宇都宮さまに渡してといって、袋を置いていった方は、ととのった顔だちだったので憶えています。その方はたしか、このホテルの建物をほめて、ぐるっと一周してお帰りになりました」

その外国人があずけたものは、どんなかたちをしていたかを憶えているか、と茶屋は尋ねた。

「分厚い紙の封筒だったような気がします」

宇都宮は、なぜその封筒を直接受け取らなかったのか。もしかしたら電話で発注したが、どちらかの都合で双方が会うことができなかったということか。電話で発注していたのだとしたら、双方は知り合っていたということが考えられる。宇都宮は、寸又峡へいく以前からスイキャットと思われる男と知り合い、直接会ったこともあったのではないか。

宇都宮は貴金属商だった。彼は同業者のフローラン・ジュベールと知り合いだったことが考えられる。ジュベールはスイキャットと友だち付き合いをしていたのかもしれない。

そのジュベールも前住所を立ち退き、どこへいったのか不明である。

茶屋は事務所へもどると、アンジェイ・スイキャットという男に対する疑問を、原稿用紙に書きはじめた。キリコから借りた写真をあらためて見ていた。笑っている顔がだれかに似ていた。彼がじっと見ている写真を、サヨコとハルマキがのぞいた。

「あ、似てる」

サヨコだ。

「だれに……」

茶屋がきいた。

「グレゴリー・ペック」

ハリウッドの名優だ。映画「ローマの休日」の主演で知られている。

「そういえば、似ているな。ペックは何年も前に亡くなったんじゃないか。サヨコは古い俳優なのによく知ってるな」

「『ローマの休日』を何回も観たから」

入口のドアが音もなく開いた。

「いた、いた」

ドアにノックもせずに入ってきたのは「女性サンデー」編集長の牧村だった。彼は茶屋のデスクへ寄ってきて、スイキャットの写真に首を伸ばした。きょうの彼はキュウリのような色のジャケットを着ている。

「これ、だれなんですか」

「寸又峡のホテルのフロントで宿泊予約していた宇都宮正章宛てに荷物を残した人物だ」

「重要人物じゃないですか。この外国人がフロントにあずけたものがＡＩＰＣａｒｏｌだったとしたら、この外国人は、ＡＩＰＣａｒｏｌを商売にしていた可能性が考えられますよ」

「たしかに」

牧村は、スイキャットの所属先を茶屋にきいた。

「西新宿のキリコという音楽の呼び屋の社員だったが、今年の七月下旬、急に会社へこなくなった。そこで社員が住んでいたところを見にいったら、逃げるように引っ越したことが分かった」

牧村は腕を組むと顎を撫《な》でた。

「スイキャットという男が、寸又峡のホテルへあずけたものはＡＩＰＣａｒｏｌだったんでしょう。それを服んで宇都宮という人が死亡したのを知った。ＡＩＰＣａｒｏｌが劇薬だったのを、スイキャットは知らなかったんじゃないでしょうか」

「知らなかっただろうね。服用したら死ぬことが分かっていたら、それを売ったりはしなかったと思う。自殺願望のある人にならべつだが」

茶屋はスイキャットと同様、貴金属商で外国人のジュベールという男も、住んでいたところから急に引っ越し、その転居先は不明だと話した。

「そいつも、ＡＩＰを扱っていたんじゃないのか。いまのところ、ＡＩＰを服用したために死んだ三人が分かっているけど、ほかにも心臓発作を起こして死んだ男がいるような気がします」

「いると思う。遺体を解剖しないかぎり、薬物を服んだかどうかは分からないだろうからね」

「ＡＩＰＣａｒｏｌを服んだが、死ななかった男もいるんじゃないでしょうか」

「いるだろう。世のなかには、なにを服んでも、なにを食っても、効きめがないのか中《あた》らない人はいるだろうね。牧村さんもその一人じゃないのか」

「やめてください。私は、口に入れるものにはきわめて敏感なんです。本物のＡＩＰＣａｒｏｌがあったら、それを見ただけで……」

牧村は出かかった言葉を呑み込み、右側にいるサヨコと、左手に立っているハルマキの表情をうかがった。

一階の銀猫でコーヒーでも、といって茶屋が椅子を立ったところへ電話が入った。電話をくれたのは思いがけない人だった。スイキャットが勤めていたキリコの社員の三島だった。彼女は、「三島綾乃《あやの》です」とフルネームを名乗った。

「思い付いたことがあったので、スイキャットが請求した過去の交通費を調べてみました。それで分かったことですが、彼は一昨年の春から何度も、大井川鐵道を利用していました。田野口《たのくち》という駅が目的地のようです」

彼女は語尾を小さくして電話を切った。

スイキャットは、ホテルの宿泊客にあるものを届けるために、大井川鐵道に初めて乗ったのではなかったことが分かったというのだ。何度も乗っているというと、観光ではないのではないか。特定の場所を訪ねるために大井川鐵道を利用していたようだ。

「スイキャットは、どこへなんの目的でいってたんだろう」

茶屋と牧村は銀猫で、テーブルをはさんで腕を組んだ。

「何度もいっている。なにかの事業所だろうか」

茶屋は熱いコーヒーを一口飲んだ。

「女かもしれないよ」

牧村だ。

茶屋は、福山桃数の紹介で知った川根の大井川緑興の梅垣社長を思い出した。

社長に電話をかけ、ある外国人がたびたび訪ねていたところが川根地区にあるらしい。それはどこで、訪ねていた目的はなにかを知りたいと告げた。

社長は、考えてみるといったが、十五、六分後に電話をよこした。

「大井川本線の田野口という駅は、列車の窓からも見える『河童池《かっぱ》』のなかに鯉《こい》の影を見つけられたら、幸運が訪れるという伝説のあるところの近くです。駅から歩いて十分ぐらいのところに、桐羽葉山《きりははやま》という会社があるそうです。私はいったことがありませんが、社員からきいてその社名を知りました。最近のことらしいのですが、その会社では、お茶の葉を原料にしたサプリメントをつくりはじめたそうです。わが社の『ちゃちゃのちから』の評判を知ったんだと思います」

「そのサプリは売れているんですか」

「健康増進剤にちがいないでしょうが、売れているのかどうかは分かりませんし、私は現物を見たこともありません」

「桐羽葉山の規模をご存じですか」

「それも分かりません。うちの社員がいうには、以前、お茶の倉庫だったところを工場に改造したようです」

梅垣社長は、桐羽葉山の代表者の名も知らないといい、現地の農家の人が興した会社ではなさそうだといった。

スイキャットが何度もいっていたのは桐羽葉山という会社ではないか。その会社はキリコの本業の音楽の公演とはかけはなれている。それと、そこが製造をはじめたというサプリメントは、どういう効果があるものなのか。

牧村はお茶を飲んで、ただぼんやりと茶屋を見ているだけではなかった。彼は桐羽葉山の電話番号を調べ、問い合わせの電話を入れ、最近、サプリメントを製造しはじめたというが、それはなんという名称かをきいてくれた。

「葉山黄金丸《はやまおうごんがん》といって、疲労回復と寝つきの良くない人によく効くといってましたよ」

「取り寄せてみようか」

「そうしましょう。茶屋先生だと、なにか調べているんじゃないかって、疑われそうですので、私の自宅へ送ってもらうことに」

牧村は再度、桐羽葉山へ電話し、中野区の自宅へ送ってもらうことにした。料金は四千五百円。コンビニで振り込むことのできる請求書を同封するといったという。

「疲労回復や寝つきの悪い人に効くサプリなんて、何種類も出ている。葉山黄金丸なんて知られていない。それをわざわざ注文した。怪しい商売をしている会社なら、あんたの素性を調べるような気がする」

茶屋がいうと、牧村は、「そうだろうか」と暗い顔をした。

「あんたの家族構成や職業は、近所の人に知られているの」

「両隣の家の人は、私の勤務先や、妻と子どもが二人という家族構成も、妻がたまにピンチヒッターで介護の仕事に呼ばれていることも知っていますね」

「歌舞伎町のクラブに好きなホステスがいて、週に一度はその店へいって、ホステスの手をにぎって、ひと眠りすることは、知られていないんだね」

「そんなことを、知られているわけないですよ。世間は私のことを品行方正《ひんこうほうせい》なサラリーマンと見ているんです」

「たまに、ミカンのような色のジャケットを着て出勤することは……」

「私の着るものなんかを気にかける近所の人はいません」

「あんたはそう思っているだろうけど、近所の人は、あんたのことも、奥さんのことも観察しているはずだ。一度、自分のことを私立探偵に調べさせてみたらどうだ。近所の人がどれぐらいあんたのことを知っているか、どんな家庭だと見ているかが分かる」

「自分のことを調べさせる……。それ、面白いですね。企画してみようかな」

牧村は、今度は会社へ電話して、副編集長を呼んで、面白い企画を思い付いたと話した。茶屋の言葉がヒントになったとはいっていなかった。

4

桐羽葉山という会社からは三日後、牧村の自宅に小包が届いた。中身は、薄いブルーの地に赤と紫色の花をあしらった袋に入った白い錠剤。一日二錠服用が目安で、一か月分となっていた。

牧村はそれを一粒も服まず、茶屋の事務所へ持ってきて見せた。

「きゃっ。これがＡＩＰＣａｒｏｌなんですか」

ハルマキが悲鳴をあげた。

「服むと、死ぬのね」

サヨコは白い錠剤をにらんだ。

「二人とも落ち着け。これは葉山黄金丸という栄養剤だ」

「あら、そうなの。ＡＩＰＣａｒｏｌだと思って見たときは輝いてたけど、ただの栄養剤だったと分かったら、甘くも苦くもないものに見えるのね」

サヨコは興味を失ったのか、パソコンの前へもどった。

「これには、どういう成分が含まれているのかを、検《しら》べてみる必要がありますよ」

牧村がいった。

なぜかというと、スイキャットは桐羽葉山を何度も訪ねていたらしい。彼は、寸又峡のホテルの宿泊客にといって、厚い紙の封筒を届けにいった男である。彼が届けにいったものは、宿泊客の宇都宮正章が服用するＡＩＰＣａｒｏｌだったにちがいない。

桐羽葉山という会社は、もしかしたら外国からＡＩＰＣａｒｏｌを仕入れていたのかもしれない。スイキャットは、桐羽葉山からＡＩＰＣａｒｏｌを買い、それを宇都宮に売ったのではと、茶屋は想像した。

「この葉山黄金丸は、ただの栄養剤だが、これとはべつのサプリを製造していることも……」

きょうはナスのような色のジャケットを着た牧村は、首をかしげていった。

「葉山黄金丸の成分を検べてもらおう」

茶屋は、警視庁の今川管理官に電話した。

「科捜研《かそうけん》に分析してもらいますので、すぐに持ってきてください」

管理官は飢《う》えているようないいかたをした。

次の日、葉山黄金丸の分析結果が判明した。

「効能は、高齢者のかすみ目、肌の痒《かゆ》みなど。肌の痒みが軽くなれば、寝つきが良くなるということでしょう。……四千五百円は高いような気がします。安いと効かないと思われるので、少し高めにしているんでしょうね。疲労回復に効くという成分は含まれていないということです」

管理官がいった。

このようなサプリを服用している人の多くが、気休めのようだ。効いていると自分にいいきかせて用いているのではないか。

桐羽葉山は葉山黄金丸だけを製造しているのだろうか。似たようなサプリを製造していそうだと茶屋はにらんだが、そのことを今川管理官にはいわなかった。

警視庁を出た茶屋は、タクシーをつかまえようと桜田通りを向いていた。すると紺色の大型トラックが歩道へ寄ってきてとまった。

「茶屋さん」

トラックの窓から女性の声が降ってきた。

トラックの運転台を見上げた。帽子をかぶっている顔が笑って手を振っていた。だれだったか、と首をかしげたが、思い出した。西島君世だった。恋路ヶ浜ホテルに延岡光一郎と一緒にいた人だった。豊橋市の亀岡物産の副社長であった延岡は、健康で精力的な男子だったが、どこからか手に入れたＡＩＰＣａｒｏｌを服用したのが祟《たた》って、ホテルで急死した。西島君世は豊川市に住んでいたが、東京へ転居していた。

「茶屋さんは、これからどちらへいらっしゃるんですか」

君世は大きい声できいた。茶屋は渋谷の事務所へいくのだといった。

「乗ってください。送りますので」

厚いドアが開いた。助手席にすわると、まるで二階にいるようだった。

「見晴らしがいいね」

「視野が広いので、運転がらくなんです」

トラックの荷台は空《から》のようだ。工事現場へ資材を運んでの帰りだ、と彼女は前方を見たままいった。

「トラックの運転に慣れているようだね」

「何年も前からやっていますので」

「お父さんの具合は、どうなの」

「部屋でごろごろしています。もうトラックの運転は嫌になったんじゃないでしょうか」

君世は、父親から頼られているようだ。

「茶屋さん。車の運転手が必要になったら、声を掛けてください。乗用車でも戦車でも運転しますので」

「戦車……」

茶屋と君世は声を出して笑った。

トラックをどこかへとめて、コーヒーでも飲んでいかないかと茶屋がいうと、

「ありがとうございます。でも、父の食事を心配してあげなくちゃならないので、きょうはここで……」

茶屋は銀猫の前でトラックを降りた。

ガラス越しに銀猫のマスターが立っているのが見えた。茶屋事務所の窓が投石で破られたので、茶屋が何者かから恨みをかっているのではないかとにらんでいるらしい。マスターの目から見ると、世のため人のためになりそうもないことを、雑誌に書いて暮らしている茶屋が、胡散臭《うさんくさ》い男に映るらしい。

彼は、茶屋の書いたものを読んでいるのかもしれない。あちらこちらの川を訪ね歩いているうちに不可解な事件に出合い、地元の警察からは白い目で見られながら、事件の核心に触れ、それを追及して、解決に導いたこともあった。

ひょっとするとマスターは、他人の身辺を嗅《か》ぎまわるような人間が嫌いなのではないか。

マスターにとってはもうひとつ面白くないことがある。サヨコとハルマキのことだ。ハルマキは色白でぽっちゃりとしていて人がよさそうだが、サヨコは均整のとれたスタイルのきわ立つ美人だ。彼女が外を歩くと、立ちどまって見ている男は数えきれないし、車は急ブレーキをかけて彼女を見送る。そういう美女を秘書にしている茶屋次郎が憎くてしようがないのだろう。

茶屋事務所の窓めがけて石を投げつけたのは、マスターだったのではないか。

事務所にもどった茶屋は、頭の上で手を組んで目を瞑《つむ》った。大型トラックの助手席に乗ったせいではないが、いままでになく疲れを感じた。

「先生。顔色がよくないけど、頭でも痛むんですか」

ハルマキがデスクにお茶を置いて、茶屋の顔をのぞいた。

サヨコが立ってきて、茶屋の額《ひたい》に手をあてた。熱はないが、顔色がよくない、とサヨコもいった。

「左足が痛くなった」

茶屋は左足の脛《すね》を押さえた。ズボンの裾をめくってみたが異状はなさそうだった。

「痛いって、どんなふうなんですか」

サヨコは、黒い毛がまばらに生えている茶屋の足をさすった。

「肌の表面がピリピリ。痛い、痛い。おまえがさわったところが」

彼は唇を嚙《か》んだ。

サヨコは、ソファで横になるようにとすすめた。

いままで感じたことのない痛みは、ますます激しさを増した。

サヨコとハルマキは顔を見合わせて話し合っていたが、サヨコが電話をかけた。相手は牧村らしい。なにを話したのかは分からなかったがすぐに切った。二、三分後に電話が鳴った。牧村からだと分かった。

「先生。足の痛みは、どんなふうなんですか」

「ガラスの破片の入ったバケツに、足を突っ込んだようだ」

「分かった。すぐに救急車を呼んで病院へいってください」

茶屋は、救急車に乗るのは初めてだった。二人の救急隊員に担架《たんか》にのせられ、車へと運ばれた。銀猫のマスターが店の入口に立っているのが見えた。

病院では三人の医師に迎えられた。二人は女性だった。

「皮膚科です」

女性の一人が耳元でいった。

「皮膚科……。私は、足が、猛烈に痛んでいるんですが」

「分かっています。あなたは帯状疱疹《たいじょうほうしん》です」

ストレッチャーに乗せられ、四階の病室へ運ばれた。個室だった。

きいたことのある病名だ。

「痛そうですね」

三十代半ばに見える女性医師が、気の毒そうな顔を向けた。

「それは、もう」

茶屋は痛みの程度の説明すらできなかった。

「きょうは痛みどめの注射をしますけど、あしたからは、朝と夕方、点滴をします。それを一週間つづけて、退院です」

病院へ入ったせいか、痛みは少しやわらいだ。

「なぜ急にこんな病気に……」

茶屋は、女性医師の丸い顔にきいた。

「疲れが原因の場合が多いんです。茶屋さんは足でしたけど、神経の支配領域に沿って、胸ならば肋骨《ろっこつ》に沿って、顔ならば目の周りから額にかけて、丘疹《きゅうしん》や水疱《すいほう》が帯状に生じます。……少しずつ痛みがとれていきますので、ゆっくりお休みになって」

医師は、毛布のずれを直す手つきをして病室を出ていった。

医師に代わって女性看護師が入ってきて、「担当させていただきます」とだけいって去っていった。

茶屋は、白い天井を仰いだ。一週間ものあいだベッドに仰向いているのかと思うと、世のなかから置き去りにされるような不安な気がした。

廊下で硬い物が触れ合う音がしはじめたが、それは夕食を各室へ配っている音だと分かった。

茶屋の部屋にも夕食が配られた。帽子をかぶった太った中年女性がベッドの上に台を置き、「しっかり召し上がったほうが、早く元気になりますよ」と、うたっているようないいかたをした。茶屋は空腹を感じていなかったが、上半身を起こした。

トレーにのっているものは、お粥《かゆ》、鶏肉の香味焼き、しじみの味噌汁、人参《にんじん》の入った高《こう》野《や》豆腐煮、白菜のお浸《ひた》し、黒蜜をかけたわらび餅《もち》、お茶。

半分も食べられず、白い食器に残したものを見つめていた。

「先生。元気ですか」

ハルマキがやってきた。つづいてサヨコも病室へ入ってきた。

「あんたバカね。元気なわけないでしょ」

サヨコがハルマキにいった。

「あ、ご飯残したのね」

ハルマキがベッドの上へ首を伸ばした。

「まだ、痛いんですか、足」

サヨコは眉間《みけん》を寄せてきいた。

「痛いんだ。痛い病気なんだ」

「病名が分かったんですね」

「帯状疱疹」

「友だちのお母さんがかかった。胸に発疹《ほっしん》ができて、転げまわるほど苦しんだってきいたことがあります。……いまは、どんな痛み」

足に取りついた無数の虫が、皮膚を噛んでいるようで、ヒリヒリ、チクチク、モゾモゾ。

サヨコは茶屋の顔を見ながら身震いした。

牧村がやってきた。彼はなにもいわず茶屋のベッドに近づくと、人相見のような顔をしてから、

「大丈夫。じきによくなります」

と、医師のようないいかたをした。

「一週間、入院するといわれた」

「先生は、働きすぎたんです。ゆっくり休んで、病気をしたことをその後の糧《かて》にしてください」

「そう、そう」

サヨコは、男のように腕を組んでうなずいた。

5

毎朝夕、痛みをやわらげるための点滴を打って、一週間の入院で退院することになった。

退院の朝、女性医師が病室へきて、体調をきいた。

左足の外側にはヒリヒリする感覚が残っていた。

「何日か後には、患部が痒くなりますが、それも日を追ってやわらぐはずです。お住まいの近くにペインクリニックがあると思いますので、さがしてください。そこへ毎日通って、注射を打ってもらうのを勧めます。それが痛みをとりのぞく最良の治療です」

茶屋は帰宅すると、とん力の女将の海子に電話して、一週間入院して、たったいま退院してきたことを伝えた。

「まあ、なんということを。おっしゃってくだされぱお見舞いをしたし、お手伝いもできたのに。……いまは、どうしていらっしゃるんですか」

病院の医師からペインクリニックを受診することを教えられたのだが、近所にあるだろうかときいた。

「あります。祐天寺駅の向こう側」

彼女は、ちょっと待ってといってからペインクリニックの電話番号を教えた。

彼はそこへ電話して、症状を伝え、明日の受診の予約をした。

事務所へ電話するとサヨコが応えた。あしたペインクリニックを受診してから事務所へ出るというと、

「そんなにすぐに出てこなくても。わたしたちは事務所を乗っ取ったりしないので、心配しないで。……ペインクリニックは、患者で混んでいると思う。本を持っていって読んでるといい。ハルマキはそっちへ向かってるから、もう着くころだと思う」

玄関のインターホンが軽やかに鳴った。

ハルマキは、黄色の半袖シャツにジーパン姿。すぐに窓を全開して、掃除機を取り出す

と、

「洗濯物を出して」

「おまえがくると落ち着けない。私はまだ病人なんだぞ」

「分かってます。部屋を清潔にしておかないと、べつの病気にかかるから」

茶屋はキッチンの椅子に腰掛けて、甲斐甲斐《かいがい》しく立ち働くハルマキを眺めていた。

彼女は、ベッドの上の毛布を窓辺に干し、シーツを丸めて洗濯機に放り込んだ。ベッドの下に掃除機を這わせた。壁ぎわに雑然と積んであった本と雑誌を書棚へ挿《さ》した。

「昼めしはとんかつにしようか」

「とん力だね。大賛成。食べにいくの」

「出前より、店で食う方がうまい」

ハルマキは、ドアや柱を拭《ぬぐ》った。冷蔵庫を開け、ハムやバターやチーズを捨てるといった。

昼食どきを少しずらしてとん力へいった。

「あら、お見舞いをしなきゃって思っていたのに……」

女将は茶屋に近づいてきて顔色をうかがった。ハルマキはとん力へ二、三回きているので、主人にも女将にも顔を憶えられていた。

主人は、帯状疱疹の病名を知っていた。

「五年か六年前でしたが、肉屋のおやじがそれにかかったんです。やっぱり足に出てね、その痛さは、足を切り落としてくれっていうほどだったたっていってました。先生も痛かった……」

「いまは、ムズムズ、チクチクしている」

茶屋もハルマキもロースかつをオーダーした。彼が残した一切れをハルマキが食べ、腹をさすった。


翌日、予約の午前十時にペインクリニックへ入って驚いた。患者が十人ほど待っている。

三十分ほど待たされて、名を呼ばれた。治療室にはベッドが五台あった。茶屋はうつ伏せにさせられ、脊髄《せきずい》に注射を打たれた。それから三十分間ほどうつ伏せのままでいた。病院の医師がいったとおり、ここの医師も日曜をのぞく毎日、注射を打ったほうがよいといった。

ペインクリニックへは十日ほど通った。ほとんど痛みはなくなったが、病院の医師がいったとおり患部が痒くなった。

牧村と副編集長の名取《なとり》が、一升びんの酒とつまみを持って茶屋事務所へやってきた。茶屋の全快祝いなのにサヨコは、

「うれしい」

といって手を叩《たた》いた。

「酒はよくないらしい」

茶屋がいうと、牧村は、

「飲みすぎなきゃ大丈夫。酒を飲むと血行がよくなる。クスリだと思ってちいっと飲んでください」

日本酒を盃で二、三杯飲むと空腹を覚えた。それをサヨコにいうと、

「ハルマキ。『すし善《ぜん》』から特上の出前を五人前」

彼女の目の縁はほんのり紅くなっている。いまに手を叩いて歌をうたい出しそうだ。

すしを食べつくし、一升びんは空になった。

「さ、そろそろここを引き揚げて、歌舞伎町へでも移りましょう」

牧村はいい出すにちがいないと、茶屋はみていた。

「牧村さんは、ちょくちょく歌舞伎町へいってるらしいけど、どんな店へいくんですか」

ハルマキがきいた。

「クラブだよ、クラブ。クラブといっても気取ってる店じゃない」

「編集長が毎週のように通ってる店は、チャーチルでしたね」

名取がいった。

「そうだ。悪いか」

牧村がいった。

「べつに悪くはありませんが……」

「なんだ。なにか気に入らないとこでもあるのか」

「女性を連れていく店じゃないような気がするんです。編集長は独りでいってきたらどうですか」

「なんか、こう、奥歯にもののはさまったような」

牧村は立ち上がると水を飲みにいった。

「解散しよう」

茶屋も椅子を立って、「きょうは疲れている。お開きにしてくれ」

炊事場で水を飲んでいた牧村は、水にむせたのか咳をしながら事務所を出ていった。

「名取さんは、お酒が強そうですね」

サヨコはソファにすわったままいった。

「それほどでも」

そういった名取は赤い目をしていた。

「この道玄坂を上りきったところに、『コーバン』ていう、いい店があります。スナックなんです。わたしたちは月に二回はいきます。そこへいきましょう」

サヨコが名取にいうと、ハルマキが、

「賛成」

と、声を張り上げた。

名取は、目をぱっちり開けたり閉じたりしていたが、

「その店へは、次の機会に」

といって、鞄を抱えると頭を下げて出ていった。彼は善悪の判断のつく賢明なサラリーマンなのだが、サヨコは、

「フラれた」

と、つぶやいて名取が出ていったドアをにらんだ。

「ハルマキ。どうする」

サヨコは茶屋の存在が目に入っていないらしい。

「わたしも疲れちゃったから、帰る」

ハルマキは、あくびが出そうになった口に手をやった。

「折角《せっかく》誘ってやったのに、どいつもこいつも」

サヨコだけは目を爛々《らんらん》と光らせた。

茶屋は、グラスに氷を落として水を飲んだ。日本酒に酔ったサヨコがどうするかを、黙ってうかがっていた。

サヨコは帰宅する気になったらしく、ロッカーからバッグを取り出したが、なにかを思い付いたようでパソコンの前へすわり、画面をにらみ、小さい声でなにかをつぶやいた。

仕事熱心だし有能な秘書と茶屋はみているが、ときどき妙なことをいったりやったりする。どうやら酒を飲むと、頭が冴え、発想が湧《わ》いてくるタイプのようでもある。

三十分ばかりすると彼女は椅子を立った。血の気がひいたような蒼白い顔を茶屋に向け、

「帰ります」

といって、出ていった。

きょうは早めに帰宅するつもりでいたのに、思いがけず全快祝いをしてもらったが、久しぶりの飲酒が効いてか、からだがだるくなった。二十分ばかりソファで目を瞑っていたが、タクシーを拾って帰宅した。

翌朝、足の痛みが消えているのを知った。

手足を屈伸させたが、痛むところはなかった。気になったのは体重。運動不足のせいか、発病前より二キロほど増えていた。

事務所に出ると、牧村が電話をよこした。彼が午前中に電話してくるのは珍しい。彼は、昨夜の茶屋の全快祝いには一言も触れなかった。昨夜はチャーチルへいって飲み直したのかどうかも分からない。

「茶屋先生が病んで治した帯状疱疹の経験は貴重です。『女性サンデー』には健康相談のコーナーがありますので、それに寄稿をお願いします。痛さを忘れないうちに、すぐに書いてください」

茶屋は、足の激痛を思い出すのも嫌だったが、不意に襲ってきた疾病《しっぺい》を完治させた経験を書くのも病を経験した者の義務だと思い、『割れたガラス片の入ったバケツに、足を突っ込んだような痛さ』を書いた。

五枚書いてサヨコに渡すと、

「うーん、実感が出ている。病気も一度や二度はやってみるものなのね」

と、ヘンなほめかたをした。

六章　赤い闇

1

名古屋市のみのり川探偵事務所の調査員だった的場啓介は、大井川の河原で殺されていた。

彼は緑河荘ホテルで死亡した宇都宮正章の死因を正確に知ろうとしていたらしい。彼の弟が健康だった正章の変死を疑って、探偵事務所に調査を依頼していたのだ。

茶屋が的場事件に注目した理由は、宇都宮が何日間か滞在したホテルへ聞き込みにいっただけでなく、大井川沿いの茶畑のなかに存在する桐羽葉山という会社をも訪ねていたのではないかと考えたからだ。的場はなにかの情報をにぎって、桐羽葉山を調べようとした。その会社を張り込んで、どんな人たちが出入りするかをにらんでいた可能性が考えられた。

的場は、桐羽葉山が秘密にしていることをつかんでいたようにも思われる。

茶屋は、みのり川探偵事務所で所長に会ったが、的場が殺害された原因は不明だといわれた。

茶屋の狙いがはずれていなかったとしたら、桐羽葉山には重大な秘密が隠されているということだ。

桐羽葉山という会社を張り込むことにした。

きょうは助手にハルマキを選んだ。大井川へ一緒にいってもらう、と茶屋がいうと、いくぶん眠そうな目をしているハルマキは、太陽を目《ま》の当たりにしたように表情を明るくさせ、腕を上下左右に振った。

「遊びにいくんじゃないんだぞ」

茶屋がいうべきことをサヨコがいった。

車でいくことにした。ハルマキがハンドルをにぎった。

「先生は後ろで、眠っててもいいですよ」

そういわれたが茶屋は助手席に乗った。

ハルマキは小型車を持っている。休日には同居の母親を乗せてドライブしているという。

用賀《ようが》から東名高速道に乗った。道路はすいていた。ハルマキは八十キロの速度で走った。

「お母さんは、何歳なんだ」

「四十九。去年まで、どこも悪くない人だったけど、今年になってから、頭がジンジン痛むし、手足を動かしづらい日があるっていってます」

「そういう年齢に達したっていうことだろう。働いてるんだね」

「高齢者介護施設へいってます。二年前までは給食センターに勤めていたけど、おじいちゃんが介護施設に入ったのを機に、就職先を変えたんです」

「おじいちゃんは、どこに住んでいるんだ」

「八王子《はちおうじ》。いずれおじいちゃんの面倒をみることになるかもしれないので、介護の仕事を見習うつもりで……」

「お母さんは、偉《えら》い人だ。おまえもお母さんを見習うといい」

「わたしが見るに、母は欠点の多い人です」

「どんなふうに……」

茶屋たちの車を、神奈川県警のパトカーが追い越していった。

「夜、お風呂上がりに、お父さんとお酒を飲むんです」

「夫婦で一杯飲《や》る。いいことじゃないか」

「父は弱いほうだけど、母はがぶ飲みするんです」

「がぶ飲みって、どのぐらい飲むんだ」

「日本酒を五合ぐらい」

「ほう。そりゃ強いほうだ」

「飲むだけならいいけど、お父さんのことをけなしはじめるの。その癖《くせ》は、わたしが高校三年生ぐらいのときからはじまって」

「けなすって、どんなことをいうの」

「父はガス会社の社員なんだけど、何年経《た》っても平《ひら》社員なので、能力がないとか、人からいわれたことしかできない男って。おしまいには、『わたしはもっといい暮らしがしたかった』なんて。それから、わたしの弟に向かって、『お父さんのような無能な人になるんじゃないぞ』っていうことも……」

「お父さんは、お母さんに向かって、なにかいい返すのか」

「毎度のことだから、相手にしていないんです。父は一合ぐらい飲むと、真っ赤になって、目を瞑《つむ》っています」

ハルマキの父親は、温厚で、胆《きも》のすわった好人物なのではないか。

新東名高速道の新富士《しんふじ》のサービスエリアでコーヒーを飲んだ。富士山は雲のあいだから一瞬山容をあらわしたが、西からの風にのってきた白い雲によって姿を消した。山腹を雲の黒い影が動いていた。

高速道路を島田金谷で下りると、大井川を右岸に沿って北上した。大井川本線田野口駅の手前を西に向かった。

桐羽葉山の入口が見える茶畑のあいだへ車を入れた。二人は、サービスエリアで買ってきたにぎり飯を食べ、ボトルのお茶をラッパ飲みした。

白っぽい色の軽トラックが桐羽葉山へ入っていった。運転していたのは帽子をかぶった女性だった。

その軽トラックは十五、六分後にもどっていった。ハルマキがその車のナンバーを撮影した。

張り込みをはじめて二時間ほど経った。桐羽葉山から黒い乗用車がゆっくりと出てきた。運転しているのは女性で、黒いサングラスをかけていた。

「尾《つ》けてみよう」

茶屋がハンドルをにぎった。

黒の乗用車は静岡ナンバーで国産の高級車だ。大井川に沿った国道を南下して、島田金谷から新東名高速道に乗った。静岡市方面に向かい、新清水で一般道へ下り、市街地をゆっくり走って清水区千歳町の岸辺でとまった。運転していた女性は車を降りると、二階建て住宅のシャッターを開け、車を収めた。どうやら自宅のようだ。

茶屋は車のなかから表札の出ていない家をにらんでいたが、思い付いて、料亭舟よしの社長の小芝に電話した。小芝は、賭け麻雀か賭け将棋をやって日を送っている結構なご身分だ。

「ああ、茶屋さん。しばらくです」

小芝はしわがれ声で応じた。

目下《もっか》、対局中ではときくと、

「きょうは、手強《てごわ》いのを将棋で負かしました。べつの相手がくるまでのあいだ、コーヒーを飲んでるところです」

茶屋は、黒い乗用車の女性が消えた家の位置を話し、その家に住んでいるのはどういう人なのかを知りたいのだといった。

「そこは、以前、五代目次郎長の愛人が住んでいた家です。現在、だれが住んでいるのかは知りません。……福山にきいたらどうでしょうか。彼は次郎長の愛人だった女性のことには通じているはずですから」

そうだった。福山桃数は、母親が家事手伝いに通っていたということで、次郎長の愛人八木弘子の身辺《しんぺん》事情に詳しいはずだ。

桃数は二か月ばかり前に、巴川沿いの彼女の家へ寄ってみたといっていた。そこを通りかかったら懐《なつ》かしさがこみ上げてきたからのようだ。彼は弘子に会った。どうしているのかをきくと、『親分がやっていた市内の干物屋へ勤めることにした』といっていたという。

茶屋は、福山桃数の電話番号をプッシュした。呼び出し音が五回鳴って、「あ、茶屋さんですね」と、張りのある声で応えた。

「あなたにききたいことがあります」

「電話でよかったら、どうぞいってください」

「千歳町の八木弘子さんが、現在なにをしているかご存じですか」

「二か月ばかり前に会ったときは、かつて次郎長親分がやっていた干物屋へ勤めるつもりだといっていました。彼女について、なにか気になることでもあるんですか」

茶屋は、意外なところで八木弘子らしい女性を見たのだと答えた。

「意外なところといいますと……」

「大井川本線の田野口駅に近い桐羽葉山という会社から、黒の高級車を運転して出てきて、千歳町の自宅へ帰りました」

「桐羽葉山というのは、大井川緑興の梅垣社長が教えてくれた会社です。そこへ弘子さんがいっていた……彼女は、次郎長親分が遺《のこ》した干物屋へ勤めるようなことを、あなたにいっていたのでは」

「そうでした。現在の弘子さんは、千歳町の家でお父さんと住んでいるんです。なにがあったのか分かりませんが、お母さんとの仲が険悪になって、認知症のお父さんを引き取って、面倒を見ているようです。……黒い乗用車。それは弘子さんの車です。たまにお父さんを乗せてドライブしているようです」

「桐羽葉山は、健康食品のサプリメントを製造していることが分かっていますが、弘子さんがそことどんな関係かを知りたいんです。なにかいい方法がありますか」

「私でよかったら、彼女に直接会って、きいてみます」

茶屋は、そうしてくれと頼んだ。

茶屋が桐羽葉山という会社に疑いの目を向けるようになったきっかけは、キリコに勤めていたアンジェイ・スイキャットが出入りしていた可能性があるからだ。彼には音楽公演のプロデュースの仕事があって、各地を訪ねていた。が、最近、会社へ出てこなくなったし、住所を変えた。どこへ転居したのか分からないし、なぜ出社しなくなったのかも不明だという。

貴金属商のフローラン・ジュベールという男も住所を変え、どこに住んでいるのか分かっていない。

二人の外国人が急に住所を変えた。だれかに住所を知られたくない事情が生じたようだ。あるいは、身の危険を感じるような兆候でもあったからか。

2

今夜の宿をさがそうと、車を清水駅のほうへ向けた。

「先生、日本平にいいホテルがありますよ」

ハルマキが助手席でいった。

「知っている。日本一美しい富士山が見えるホテルだ。おまえ、そんな高級ホテルを、どうして知ってるんだ」

「友だちと、三保の松原と、久能山と、日本平を見にいったとき、お茶を飲んだから」

福山桃数から電話があった。彼は八木弘子を自宅に訪ねてきたといった。

「私は、弘子さんに対して遠慮なんかする必要がないので、桐羽葉山という会社から出てきたところを見た人がいる。その会社へはなんの用事でいったのかってききました」

茶屋は道路の端へ車をとめた。

「ほう。そうしたら……」

「人から、からだによく効《き》くサプリメントを製造している会社ってきいたので、それをお父さんに飲ませるために、買いにいったといいました。電話でも取り寄せることができるのにって、私がいったら、どんな会社なのかを見たかったのでといってました」

「では弘子さんは、サプリを買ってきたんですね」

「買ってきたんです。箱に入った葉山黄金丸というのを見せてくれました」

「弘子さんは、それを一つ買ってきただけでしょうか」

「そのようです。そういってましたので」

いかに親しい間柄でも、それ以上突っ込んできくわけにはいかなかった、と桃数は答えた。

彼は、弘子には怪《あや》しい点があるのかときいた。

茶屋は、これから今夜のホテルを決めてから食事をするが、一緒にどうかと誘った。

「ありがとうございます。ぜひ」

桃数はいってから、清水エスパルスの練習グラウンドのすぐ近くに、「折戸《おりど》」というすし屋がある。そこでどうかといった。

「先生は、いろんな人を知ってるんですね」

ハルマキが、茶屋の横顔をあらためて見ていった。

「一度でも会ったことがある人を、情報網にするんだ。私が単独で歩ける範囲なんて、知れたものだから」

巴川の左岸沿いのホテルを見つけて、チェックインした。川水は濁っていて、灰色だ。カモメが二羽、水面すれすれに飛んでいた。

桃数のいった折戸というすし屋はすぐに分かった。主人らしい大柄な男と色白で丸顔の男が大きな声で客を迎えた。壁ぎわの席には中年の男女が向かい合っていた。

茶屋とハルマキは道路側の席へ並んだ。ビールをオーダーしたところへ、桃数があらわれた。彼は現在、大企業の会長専用車の運転手をしているが、あくびも出ないくらい暇だといっていた。

桃数がテーブルに近づくと、ハルマキは椅子を立ってあいさつした。桃数はうろたえるように、何度も頭を下げた

ハルマキが桃数のグラスにビールを注《つ》いだ。彼は緊張しているらしくそれを両手で受け

た。

桃数はこの店へ何度もきているらしく、つまみにマイワシの刺身を頼んだ。

小型の俎板《まないた》にのった半透明の刺身は、あぶらがのっていて旨《うま》かった。

「東京には、こんなおいしいサカナはない」

ハルマキは妙なほめかたをした。

桃数のビールの飲みかたを見た茶屋は、酒が強そうだといった。

「毎晩飲むのがクセになって、日本酒を二、三杯飲んでいます」

「ご家族は」

「母と二人暮らしです。母は弘子さんの家へお手伝いに通っているうちに、酒を覚えて独りでちびちび飲ってます」

「あなたと一緒に飲むんじゃないんですか」

「母は、いちばん落ち着ける場所は台所だっていって、戸棚の前で独りで……」

ハルマキは、茶屋と桃数の話には興味がないらしく、手酌《てじゃく》でビールを飲み、注文したすしを黙々と食べていた。

桃数は、にぎりずしをいくつも食べるハルマキを、観察するように見ていたが、日本酒に切りかえた。

茶屋は、なぜ桐羽葉山を張り込んでいたのかを桃数に話した。

「音楽関係の会社に勤めていた外国人は、何度も大井川本線の田野口駅を降りていた。そこから桐羽葉山という会社は近い。なので、その会社を訪ねていたことが考えられる。その会社は健康食品のサプリメントをつくっている。音楽とは縁がなさそうだ」

桃数は盃を手にしてつぶやいて、宙の一点を見据える目をしていたが、「弘子さんのいったことは本当だろうか」

と、首をかしげた。

「桐羽葉山へは健康食品のサプリを買いにいったという話ですね」

「二か月ばかり前に訪ねたとき、弘子さんはお父さんを引き取って、暮らしが厳しくなったといっていました。次郎長親分が遺してくれたものが、底をつきはじめたということらしかった。それで干物屋へ勤めることにしたという話でした。……それなのに、実際は干物屋へは勤めていないそうです。……二か月ほど前はこういう話もしました。この家を売ろうかしらといって、どのぐらいの値で売れるのかを私にききました。私には不動産の値打ちの知識なんかありませんので、信用できる人に相談したらって答えておきました」

弘子は、暮らしが厳しくはなったが、黒い高級車を手放そうとはしないようだ。

茶屋には、弘子がサプリをひとつ買うのにわざわざその製造元を訪ねた点が解《げ》せなかった。サプリを買ったが、それとはべつの用件もあったのではというのは、考えすぎだろうか。

「茶屋さんは、弘子さんの行動を疑っているんですね」

「桐羽葉山をわざわざ訪ねた目的を知りたい」

茶屋は、タレが塗られたアナゴを頬張《ほおば》った。それを見ていたハルマキもアナゴを頼んだ。

桃数の顔は、「よく食う女だ」といっていた。

「福山さんは、弘子さんとは、なんでもいえる間柄ですね」

「なんでもというわけにはいきませんが……」

「桐羽葉山へいったほんとうの用事を、きき出せないでしょうか」

「なぜ、そんなことをきくのかって、いわれそうな気がしますが」

「弘子さんはそういうでしょうね。でも、知られてもかまわないことでしたら、話してくれると思います。あるいは福山さんに、なにか相談を持ちかけるかもしれません」

桃数は、腕組みをしていたが、弘子にあらためて会ってみる、と答えた。

次の朝。一階の朝食のレストランへ入った。何人もの客が白いトレーを手にして料理を選んでいた。なかには料理をじっと見ている人もいる。列のなかにハルマキがいた。茶屋は彼女に近寄った。

「おはようございます」

そういったハルマキのトレーには、ハム、サラダ、パン、フルーツ、スープがのっていた。彼女はゆうべのすし屋で、にぎりずしを二十貫ぐらいは食べたはずだ。酒も飲んだ。だがけさはけさで、腹の虫が口を開けているのだろう。

茶屋は、トーストにバターをしっかり塗って二枚食べ、水を二杯とコーヒーを飲んだ。

「きょうは、どこへいきますか」

「きょうも、あの会社を張り込もう」

「桐羽葉山ですね。あの会社というか工場からはなんの物音もしなかったけど、本当にサプリメントをつくっているのかな」

ハルマキはオレンジジュースを飲んだ。きょうの彼女は、グレーの地に紫色の縦縞《たてじま》が通った半袖シャツに紺のパンツだ。よく食べよく眠るせいか、顔色はいいし、瞳も輝いている。

「いまの体重は……」

「そんなこと、乙女に聞くもんじゃないですよ」

「五十五キロぐらいか」

「五十キロはないと思う。なぜ、急に体重なんかきくの」

「雇い主としては、従業員の健康管理に関心を持つ義務もある」

茶屋の電話が鳴った。ゆうべ一緒に食事をした福山桃数からだった。

「きょうは会長の都合で、午後は仕事がありません。それで弘子さんを訪ねてみます」

桃数は八木弘子に対して遠慮なくものがいえる人だ。彼のきき方次第だが、現在の彼女がなにをやっているのか、あるいはやろうとしているのかをきくことができそうだ。

桃数からの電話がすむのを待っていたように、サヨコがかけてよこした。

「おはようございます。きょうも天気はよさそうだけど、ハルマキは足手まといになっていませんか」

妙なあいさつだ。

「大丈夫だ。事務所には、変わったことでも……」

「なにもありません。けさは銀猫のマスターに声を掛けられました」

「なにかいわれたのか」

「あれから、石は投げ込まれないかってきかれたので、おかげさまで、何事もありませんっていっておきました」

茶屋は、きょうも桐羽葉山という会社を張り込むことを告げた。

「ハルマキじゃ役に立たないって思ったら、すぐにいってね。私が駆けつけるから」

サヨコはそれだけいうと電話を切った。


新金谷駅前で食べ物と飲み物を買って、車にもどりかけたところで茶屋は足をとめた。見覚えのある人を見かけたのだ。若い女性だ。その人は布製の少し大きめの袋を肩に掛け、駅舎を見てから線路沿いに歩き、黒っぽい色の古い客車両を眺めていた。

思い出した。見覚えのあるその女性は、金木はるかだった。寸又峡のホテルで貴金属商の宇都宮正章と数日間をすごしていた。茶屋は彼女を足立区のアパートへ訪ねていた。

茶屋はすすけた色の車両を眺めている彼女に近寄って声を掛けた。彼女は驚いたらしく、布袋を胸に押し付けた。

「どうしてここに……」

茶屋はとっさにきいた。「観光ですか」といい直した。

金木はるかは暗い表情をして俯《うつむ》いた。

「これから、どこかへ……」

ときいた。彼女はすぐに答えなかったが、唾《つば》を呑《の》み込むようにしてから、

「田野口というところへ」

と、消え入るような声で答えた。

3

田野口という駅の近くには桐羽葉山という茶葉の加工会社があるが、そこへいこうとしたのではないか、と茶屋は、金木はるかに一歩近寄っていた。すると彼女は、布袋を胸に押し当てたまま、そうだとうなずいた。

その会社にどういう用事があるのかを茶屋はきいた。

彼女は少しのあいだいいよどんでいたが、その会社へはどういう人が出入りしているのかを観察するつもりだった、と答えた。

「じつは、私たちもその会社をさぐるつもりでした。どんな人が出入りしているのかを張り込んで監視することにしていたんです。……あなたは名古屋の探偵事務所の調査員が殺された事件を知っていたし、なぜ殺されたのかを知ろうとするのは危険だといっていた。なのに、桐羽葉山を監視するとは……」

危険な行為なのではないか、と茶屋は彼女の薄い肩を見ていった。

彼は、彼女がどうして桐羽葉山に関心を抱いたのかを知りたくなったので、自分の車へ誘った。

金木はるかは茶屋の車の後部座席に乗ると、汗でも拭《ぬぐ》うように水色のハンカチを額《ひたい》にあてた。

「宇都宮社長の弟さんの文彦さんは、社長が亡くなった原因を知ろうとしました。社長の最期《さいご》をわたしが話したからです。持病などもない元気な社長の亡くなりかたに、わたしも疑問を持っていました。寸又峡のホテルで服《の》んだクスリというか、白い錠剤が、亡くなる原因だったのではと、わたしは文彦さんに話しました。……文彦さんは考えた末でしょうが、社長がだれから白い錠剤を買ったのかを調べることにして、名古屋の探偵事務所に調査を頼みました。その調査を担当したのが的場さんでした」

運転席で話をきいていたハルマキが、ボトルのジュースをはるかに渡した。

「ありがとうございます」

そういったはるかの声は明るかった。

駅のほうからアナウンスがきこえ、ベルが鳴って、灰色の電車がホームをはなれていった。平日のせいか乗客は少ないようだった。

「的場さんはどこからか、桐羽葉山という会社はお茶の葉を原料にした健康食品を製造しているが、自社製品でないものを仕入れて販売しているという情報をつかみました。的場さんはそれの真偽《しんぎ》を確かめようとして、桐羽葉山を訪問しました。彼が殺されたのはその日の夕方のようです」

はるかはそこまで話すと、両腕で自分の身体を抱いた。急に寒気でも覚えたようだった。

「あなたはその話を、だれからきいたんですか」

茶屋は、いくぶん蒼《あお》みがかったはるかの横顔に注目した。

「みのり川探偵事務所の所長さんからうかがいました」

茶屋は探偵事務所を訪ねている。所長に会ったが、的場がつかんだ情報を深く教えてもらうことはできなかった。だが所長は、はるかには的場から報告を受けていたことを話したようだ。

「なるほど。それで、桐羽葉山を訪ねるつもりだったのですか」

彼女はあの会社の近くで出入りする人をつかまえて、あの会社はなにをどんなふうに扱っているのかをきくつもりだったと答えた。

「危ないことを単独でやらないことです。的場さんと同じ目に遭《あ》わないともかぎらない」

茶屋は、はるかを乗せて大井川に沿った道を走った。河童池のある田野口駅の手前の緩い坂を上り、濃い緑の茶畑にはさまれた細い道に車をバックで入れた。

張り込んで三十分ほど経った。昨日と同じ白っぽい軽トラックがやってきて、二十分ほどで出てきた。茶屋の車はその軽トラックを尾行した。

その車を運転しているのは女性だった。下泉《しもいずみ》駅の先で右折すると、茶畑のあいだをのろのろと走って、広い庭のある家に着いた。一目で農家だと分かった。庭には茶色の斑点《はんてん》のある中型犬がいて、茶屋が入っていくとさかんに吠《ほ》えた。車を降りた女性が犬を黙らせた。

茶屋は女性に近寄って、頭を下げて名乗った。彼女は四十歳ぐらいだ。なんの用事かと怪訝《けげん》そうな表情をした。陽焼けしていない部分の肌が白かった。彼は女性になお一歩近寄り、

「桐羽葉山さんは、お取引先ですか」

と尋ねた。

「そうです」

彼女は警戒しているのか声が小さい。

「桐羽葉山さんがなにを製造しているのかを知りたいのですが、こちらとは、どういうお取引を」

「うちは、乾燥させた茶葉を納めているんです」

女性は眉間《みけん》に皺《しわ》を立てている。

「桐羽葉山さんは、こちらから仕入れた茶葉で、どういうものを……」

「葉山黄金丸という健康増進のサプリメントを製造しています。……あのう、そういうことは、桐羽葉山さんから直接おききになったほうがよろしいのでは」

「そう思いましたが、他所《よそ》からきいたことによると、製造しているのは葉山黄金丸だけではないらしい。それがどんなものかをさぐりにいった人が、災難に遭っているようです」

「災難とは、どんな……」

女性は目をこすって、茶屋を見直した。

「大井川の河原で殺されました」

「えっ、それ、名古屋の人だったのでは……」

「そうです。名古屋の探偵事務所の調査員でした」

女性は、顎《あご》の下で手を組み合わせた。

「名古屋の人は、ほんとに桐羽葉山をさぐりにいったんですか」

「ほんとうです」

彼女は首をかしげていたが、主人を呼ぶといって倉庫のような建物のなかへ小走りに入っていった。
四、五分経つと口のまわりに墨を塗ったような髭《ひげ》の濃い男が、女性と一緒に出てきた。女性は茶屋の前へきて、「主人です」と男を紹介した。夫婦は島村《しまむら》という姓だった。
「桐羽葉山が怪しいことをやっているんですか」

島村は太い声できいた。

「怪しいことをやっているかどうかは分かっていませんが、名古屋の調査員は、桐羽葉山を訪ねたあと、不幸な目に遭っています」

茶屋はそういってから、桐羽葉山の社長の名と会社の内容をきいた。

「社長は東京にいるそうで、私は会ったことがありません。あそこに住んでいて、会社を動かしているのは、片山津三郎《かたやまづさぶろう》といって五十代半《なか》ばの人です。……片山津さんがあそこへきたのは五年ぐらい前でした。京都生まれの人だそうで、言葉に関西の訛《なまり》があります。この辺から他所《よそ》へ出ていく人はいますけど、入ってくる人は珍しいんです。最初ここへおいでになって、乾燥させた茶葉を買い取りたいとお話しになったので、茶葉を加工する目的をききました。すると健康食品のサプリメントをつくるのだと丁寧に話してくれました。私はお茶を買って欲しかったので、出荷を承知したんです」

「片山津さんはどんな人ですか」

「穏やかな話し方をしますが、口数の少ない人です。十日に一度ぐらい、私が納品にいきますが、いつも片山津さんは工場の奥のほうで作業をしていて、ちょこんと頭を下げます。納品したものの金額などで間違いがあったことはありません」

「外国人が出入りしていないでしょうか」

「私が納品にいったとき、一度だけ外国の男の人を見掛けました」

「その外国人は、何歳ぐらいでしたか」

「背の高い人で、四十歳ぐらいではなかったかと思います」

茶屋は島村の妻にも外国人を見たことがあったかをきいたが、見た記憶はないと答えた。

「従業員は何人ぐらいいますか」

「六、七人です。全員、丈の長い白衣を着ています」

従業員は近所の人たちかときいた。

「この近所の人はいないようで、みんな車かバイクで通っているようです」

工場隣接の母屋《おもや》に住んでいるのは、片山津夫婦だけらしいという。

茶屋はノートにメモした。片山津三郎という人は、妻とともにやってきて、近所の農家から家作を借りて入居。土地も借りて母屋の隣接地に倉庫のような天井の高い平屋を建てた。それはサプリメントを製造する工場ということで、機械類や試験設備らしいものが運び込まれた。そして工場の入口に「桐羽葉山株式会社」と書いた看板が掲げられた。

「桐羽葉山では葉山黄金丸というサプリメントを製造しています。取り寄せて成分を検《しら》べてもらいましたが、疲労回復の効果はありませんでした」

茶屋がいった。

「食欲のない人や、よく眠れない人や、からだがだるい人に効果があると片山津さんにきいたことがありますが」

島村はまばたいた。

「からだの不調が改善したとしたら、その人は効能《こうのう》書きを信じて服用した人でしょうね。島村さんは服んだことは……」

「ありません。お医者さんから、高血圧を抑える薬をもらっていて、それ以外のものは服むなといわれていますので。……まったく効きめのないものを、効果があるとうたって売るのは、いけないのではないでしょうか」

「からだの不調を治す効果がないのに、治るといって売るのは違法ですので、当局から改善勧告を受けます」

「桐羽葉山さんは、大丈夫かしら」

妻は頰に手をあてた。

茶屋の背中にあたる道路へグレーの乗用車が近づいてきた。彼は振り向いた。なぜか乗用車はスピードを上げて走り去った。茶屋の車に乗っていたハルマキは、逃げるように去っていったグレーの車を撮影していた。

茶屋は島村に、いまの車に心あたりがあるか、ときいた。が、夫婦は知らないといって首を横に振った。

4

グレーの車に乗っていた人を見たかを、ハルマキと金木はるかにきいた。

「男の人が運転していて、助手席にはそう若くはなさそうな女性が乗っていました」

ハルマキがいうと、はるかがうなずいた。

「運転していたのは、どんな男だった」

「サングラスを掛けていました。年齢の見当《けんとう》はつきません」

「外国人じゃなかったか」

ハルマキとはるかは顔を見合わせたが、分からなかったと答えた。

茶屋たちの車は田野口駅方向へ下って、T字路が見えるところへとめた。さっきのグレーの車が通ったら尾行するつもりだ。

「あの車はおかしい」

茶屋は先方を見ながらいった。グレーの車は島村家へ入ろうとしたのではないか。だがそこには茶屋が島村夫婦と向かい合っていた。それを見たので、スピードを上げて走り去ったようだ。

二時間経った。が、グレーの車を見つけることはできなかった。そこでふたたび桐羽葉山へ近づいてみた。そこでもグレーの車は見当たらなかった。

茶屋は、金木はるかを車に乗せたまま清水へもどることにした。

きょう、福山桃数は、巴川沿いの家に住んでいる八木弘子を訪ねているはずだ。

桃数の話によると、弘子は市内に住んでいた父親を引き取って、一緒に暮らしているという。彼女の両親は最近まで市内某所に住んでいたが、不仲になった。不仲の原因は父親の認知症状が悪化したからのようだ。それとも、母親のほうにも認知症状があらわれはじめたということも考えられる。

茶屋とハルマキは、はるかを車に乗せたまま昨夜宿泊したホテルへ着いて、車をガレージに入れた。お茶を飲もうといってコーヒーラウンジへ入った。そこには客は一人もいなかった。

茶屋は、桐羽葉山と取引のある茶農家の島村からきいたことをノートにメモした。島村がいうには、桐羽葉山は葉山黄金丸というサプリメントを製造しているだけのようだ。が、そのサプリが売れているようには思えない。成分を検べてもらったところ、効能書きどおりの結果は出ないということだった。

サプリの原料の茶葉を定期的に仕入れているのだから、良薬ではないが無害のサプリを、つくりつづけているのだろうか。その疑問を書いたところへ、桃数が電話をよこした。

きょうもすし屋の折戸で会うことになった。

「きゃ、うれしい。二日つづきでおいしいおすしを食べられるのね」

ハルマキは椅子の上でひとはねすると、はるかを促《うなが》した。

「わたしがご一緒していいのでしょうか」

はるかは胸で手をにぎった。

茶屋は、これから会う人の話は、はるかが知りたいことと無関係ではないといった。

桃数は折戸に着いていた。彼の前には、お茶が置かれていた。

彼は以前、会社の社員募集に応じたさい、とても応募者とは思えないような服装をしていたということだった。服装だけではない。彼は、面接を担当した人に向かって、持参したサプリメントを買ってくれといって、担当者に強烈な印象を与えた男だった。

だがいまは、礼儀を心得た人になっている。すし屋には一足先に着いたのだから、ビールの一杯ぐらい飲んでいても礼を欠いたことにはならないのに、店員が置いたお茶にも手をつけていないようだ。

茶屋は桃数に金木はるかを紹介した。名古屋の的場啓介が桐羽葉山を訪問したあと殺害されたことが分かったので、同社の実態に疑問を抱いている人なのだと話した。

「八木弘子さんには会えましたか」

茶屋は、ビールを頼んでから桃数にきいた。

「会いました。自宅にいましたので」

「弘子さんのお父さんは、家にいましたか」

「私が台所のテーブルをはさんで弘子さんと話し合っていると、そこへ出てきました。私は子どものころ二、三回会っていたので、『しばらくです』と挨拶しました。ところがお父さんは一言もいわず、私の顔を二、三分のあいだじっと見てから、黙ったまま奥の部屋へ入っていきました。あれが認知症というやつなんですね。……私の母も、あんなふうになるんでしょうか」

「お母さんは、おいくつですか」

「五十三です」

「まだまだ先ですよ」

四人はビールのグラスを持って乾杯した。

ねじり鉢巻の若い店員がやってきて、

「きょうは予約のお客さんが七、八人おいでになります。にぎやかになりますので、奥の座敷へ移っていただけませんか」

といって肩に首を埋めた。

「そうしよう。ここは繁昌《はんじょう》でいいねぇ」

桃数は真っ先に立ち上がった。

座敷へ上がった四人は、あらためて乾杯し、ハルマキが、「さっきやったじゃない」といったので大笑いした。

桃数は、弘子の父親についてあらためて話しはじめた。父親は八木甚吉《じんきち》といって七十四歳。弘子と住むようになった甚吉は、ガラケーもスマホも持たず、毎日固定電話を使う。通話の相手は実家の近くの中学生の少女。その少女は「かなこ」という名らしい。彼はかなこに、『会いたい、会いたい』というし、『なにか欲しい物があったらいいな』とか、『きょうはどんな色の洋服を着ているのか』ときくし、『さっき電話したが応えなかったが、どこでなにをしていたのか』ときく。彼はかなこに恋をしているのだ。ときどき怒ったような声も出すが、たいてい猫撫で声だ。

弘子は甚吉の電話を、『バカバカしいし、恥ずかしくて、他人にはきかせられない』といっているという。

「甚吉さんには奥さんがいるんでしょ。奥さんには電話をかけないんですか」

茶屋が桃数にきいた。

「弘子さんの家にきてから、一度もかけていないそうです。奥さん、弘子さんのお母さんです。その人は月に一度ぐらい、そっとやってきて、ちょこっと甚吉さんのようすを見て帰るということです」

茶屋の関心は、認知症状の進行中の甚吉の行為ではなく、弘子に対しての疑惑である。

彼女は車を運転して桐羽葉山を訪ねた。桃数がその目的を彼女にきいたところ、同社が製造している葉山黄金丸というサプリメントを買いにいったということだった。健康増進剤とうたわれているサプリを一箱購入するために、わざわざ製造元を訪ねた点に、茶屋は疑いを抱いた。サプリを買う以外の目的があったのではないか。彼女の同社訪問は今回が初めてではなく、何度か通っていることも考えられた。

弘子は桃数に、暮らしが厳しくなったと語っている。蓄えが底をつきつつあるということらしい。次郎長から譲られた家屋も車も、手放さなくてはという危機にさしかかっているのではないか。彼女はいつか桃数に、干物屋へ勤めるつもりと語ったことがあったらしい。小規模な商店の従業員の給料では、認知症状がすすみ気味の父親を抱えての暮らしを維持できないと、今後を憂《うれ》いたのではないか。

「弘子さんは、生活の厳しさを感じるようになったといったが、そのほかに、なにかの事業でも計画しているようなことはいっていないんですね」

茶屋はきいた。

「私は、なにか隠しているんじゃないかってずけずけとききましたけど、弘子さんは首を横に振って、もう帰ってといいました。もう次郎長親分が生きていたころの弘子さんじゃないです」

今夜もハルマキはすしをたらふく食べて腹をさすり、酒に酔って鼻歌をうたった。

はるかも顔をほのかに赤くした。彼女は桃数の話に興味を持ってか、彼の顔をじっと見つめていた。彼が何度か口にした『次郎長親分』とはどういう人なのかを、きいてみたかったようである。

茶屋は忘れていたことを思い出した。桐羽葉山へ茶葉を納めている島村夫婦と話し合っているとき、グレーの乗用車が近寄ってきた。島村家の庭へ入ろうとしたようにもみえたが、スピードを上げて去っていった。その車をハルマキがスマホで撮っていた。ナンバープレートは［富士山］である。富士山ナンバーを発行している地域は、山梨県富士吉田《ふじよしだ》市や鳴沢《なるさわ》村など。静岡県では富士宮《ふじのみや》市や裾野《すその》市などとその範囲は広い。

茶屋はグレーの車のナンバーをノートに控えた。まるで逃げるように去っていった車のすがたを、茶屋はいまも鮮明に記憶している。その車にはサングラスを掛けた男性と助手席に女性が乗っていたという。

翌朝、朝食のレストランをのぞいたが、ハルマキとはるかの姿はなかった。彼は食事の前にロビーのソファで朝刊を広げた。

［各地で男性が不審死］太い活字が躍《おど》っていた。東京都内で一人、名古屋市で二人、大阪市で三人、和歌山市で一人、福岡市で二人。いずれも五十代から六十代でホテルに滞在中、薬物を服用したことによる頓死《とんし》とみられているが、各県警は連繋《れんけい》して死因を検べることにしている――

5

茶屋は電話をしたうえで、警視庁の今川管理官を訪ねた。

茶屋は、会議が終わったばかりの小会議室へ招《よ》ばれた。

「東京と大阪の男性がＡＩＰＣａｒｏｌを服んだらしいことが分かった。二人の持ち物のなかにＡＩＰＣａｒｏｌの刻印のある透明のプラスチック容器が見つかったんだ。いまのところ同じような死にかたをしたのは九人だが、私はその二倍も三倍もの男が、同様の死に方をしているんじゃないかとみているんだ。……今回、ホテルに滞在中に死亡した人の職業をきいたが、八人が企業の役員、一人は大学の教授だった。大阪のホテルで死亡した一人は友だちに、五十万円で買ったといってプラスチックケースを見せたというんだ。その人は、『天国を何度も往復できる夢のカプセル』といっていたらしい。そのカプセルを友だちに見せた十日後に、ホテルで地獄に落ちたというわけだ」

茶屋がＡＩＰＣａｒｏｌの売買にたずさわっている者を追跡しているのを、今川は承知しているので、どんなことが分かったかをきいた。

茶屋は、外国人が二人、突然転居して、その行き先が分かっていないことを話した。

一人は貴金属商のフローラン・ジュベール。もう一人は、音楽の呼び屋であるキリコの社員だったアンジェイ・スイキャット。その二人がＡＩＰＣａｒｏｌの売買にかかわっているという証拠はないが、二人とも逃げるようにそれまでの住所からいなくなったこと。寸又峡の緑河荘ホテルへ、宿泊客の宇都宮正章宛てに固いものの入った封筒を届けた外国人男性がいた。その男はスイキャットの可能性が高い、と茶屋はにらんでいる。

今川は茶屋の話を黙ってきいていたが、

「まだまだだね」

といって、顎に手をあてた。

茶屋はメモ用紙に一台の車のナンバーを書いて、所有者を調べてもらいたいといった。

管理官は部屋の隅の電話で車両ナンバーを相手に告げた。

車の所有者はすぐに判明した。静岡県富士宮市半野《はんの》・桐羽《きりは》葉子《ようこ》。

「桐羽葉子……」

茶屋はつぶやいた。

「茶屋さんに心あたりのある人ですか」

今川がきいた。

「静岡県榛原郡川根本町の大井川本線田野口駅にほど近い茶畑のなかに、桐羽葉山という

茶葉を加工して健康食品を製造している会社がありますǰ

「ほう。車の所有者の名と会社名が……。どんな食品をつくっているんですか、そこは」

「毒にも薬にもならない葉山黄金丸というサプリメントをつくっています。片山津三郎という人が中心になって五年ほど前に創業した……」

茶屋はそういってから首をかしげた。桐羽葉山へ茶葉を納めている島村夫婦がいうには、その会社の社長は東京にいるということだった。夫婦は、社長には一度も会ったことがないといっていた。なんとなく霧に包まれているような会社ではないか。

茶屋は、桐羽葉子という人物を調べることにした。住所は富士宮市。

きょうはサヨコがハンドルをにぎっている。彼女はガムを噛《か》みながら、鼻歌をうたっている。同じ歌を繰り返しているらしい。

新東名高速道の新富士インターで国道一三九号へ移った。富士宮道路だ。

「白糸《しらいと》の滝の近くだな」

彼女は独りごちた。

「眠っていいですよ。着いたら起こすから」

彼女は鼻歌のあいだでいった。

「眠ってなんかいない」

「無理しないで」

白糸の滝の標識が目に入った。そこは名勝らしい。

農道のような道を三十分近くさがして、桐羽葉子宅らしい山荘のような造りの家にたどり着いた。表札が出ていないのではたして目的の家かどうかは怪しかった。どの窓もぴたりと閉まっている。その山荘風のとんがり屋根の家の周りには人家《じんか》がなかった。もっとも近い家のインターホンを茶屋が押した。髪が半分ほど白くなった女性が、小さな窓から顔をのぞかせた。

「あのとんがり屋根の家のことを、うかがいたいのです」

髪の白い女性は窓を閉めると玄関ドアを開けた。

「あの家が、桐羽さんですね」

茶屋がきいた。

「そんな名字ですけど、お付き合いをしていないので、どういう方なのか知りません」

桐羽姓らしい家にいるのは五十代見当の女性のようだが、毎日いるわけではなく、たまに窓辺に洗濯物が出ていたりする。

「あの建物は十年ほど前に出来上がったんですが、建てた方は別荘にしていました。三年ぐらいしてあの建物が売りに出されたんです。桐羽という人はそれを買ったのだと思います。なにをしている方なのか、普段はどこに住んでいるのか知りません」

近所にはお付き合いしている家はないらしいと女性は答えた。

「桐羽という人も、あの建物を別荘にしているのではないでしょうか」

「そうかもしれません。ほんとうのお住まいはどこなんでしょうね」

女性は白い頭に手をやった。

茶屋は女性に礼をいって去ろうとした。

「あのう、あなたはどういう方なんですか」

彼女はキツい目をした。

茶屋は名乗って、桐羽葉子の住所を確認にきたのだと答えた。

「あなたは、探偵ですか」

「いいえ。作家です」

「作家というのは、部屋にこもって、一日中、机に向かっているのでは……」

「そういう人もいますけど、私は、いろんなことを調べて、それを文章に……」

女性は玄関ドアを音を立てて閉めた。

サヨコは、白糸の滝を見にいこうといった。

道路標識にしたがって、細い道をくねくねと曲がった。水音をきいた。車窓に冷たい風が入ってきた。

観光客が何人もいる橋の上に着いた。川の向こう岸が滝だった。重なり合った黒い岩のあいだから、白いそうめんを垂らしているような幾筋もの細い滝が音を立て、風を起こして滝壺に落ちていた。神秘的で清らかな風景だった。しかし長いあいだ細流を眺めていられない。落下する滝のしぶきをかぶっているからだ。

白糸の滝の北方が朝霧《あさぎり》高原。この辺には滝がいくつも見られるらしい。富士山に降った白雪が山肌に深く浸み込み、何十日かを経《へ》て岩のあいだに姿をあらわすのだろう。

「寒い。寒くなった」

半袖シャツのサヨコは、白い腕をこすった。

福山桃数から電話が入った。

「茶屋さんはいまどちらに……」

白糸の滝を見たところだというと、

「ラジオをつけてください。事件のニュースをやっています」

車のラジオのボタンを押した。

「……静岡県警は殺人事件とみて、捜査をはじめました」

男性アナウンサーの言葉はそこで切れた。

「殺人事件が発生したらしいが、それはどこでですか」

茶屋は桃数に電話した。

「大井川です。蓬萊橋の下の河原で男性の遺体が見つかったということです」

それは数時間前のことらしいといった。

「蓬萊橋……」

茶屋は、先端が山林のなかへ吸い込まれている木造の長い橋を思い浮かべた。

新富士インターへもどって、新東名高速道を西へ向かった。清水、静岡、焼津《やいず》を越した。

蓬萊橋は大井川の河口に近い。川幅は広く白い石河原が陽差しをはね返している風景を、茶屋は思い浮かべながらハンドルをにぎっていた。

島田金谷のインターで高速道を下りると、大井川に沿って下流へ走った。サイレンを鳴らしたパトカーが一台、下流方向へ追い越していった。

橋の袂《たもと》には警官が立っていた。茶屋とサヨコは上流側の土手の上から石河原のあいだを枝岐《わか》れして流れる青い川を眺めた。

橋の下には警官が何人もいて、白い中洲《なかす》や草叢《くさむら》で長い棒を持ってなにかをさがしていた。殺人事件というのだから、河原に遺体があったのだろう。それは男だったか女だったのか。たぶん丈の低い欄干《らんかん》の橋を渡っていた人が、河原に横たわっていた人を発見して警察に通報したのだろう。

茶屋とサヨコは二十分ばかり河原の警官の動きを眺めていたが、背後から男の声が掛かった。振り返ると、見憶《みおぼ》えのある男が近寄ってきた。

だれだったか、だれだったかと頭のなかを回転させていて、思い出した。若松和重の捜索に参加しようと大井川上流に沿って遡《さかのぼ》ったさい、井川駅の近くで捜索隊に出会った。若松の遺体を山中で発見して下ってきた隊の指揮官の西島警部だった。

西島は一瞬にこりとしたが、真顔になって、

「ここでなにをしているんですか」

と、ぎろりとした目を向けた。

「殺人事件だというので、現場を……」

「どうして、現場を見にきたんですか。それとも……」

西島はいいかけて、サヨコの頭から足の先までを舐《な》めるように見まわした。

茶屋は彼女のことを秘書だといって、氏名を教えた。

「茶屋さんは、車のラジオ放送で、大井川で遺体が発見されたことを知ると、現場を見る

ためにここへやってきた。なにかピンとくるものがあったんですね」

「ラジオのニュースで、殺人事件ではと知ったからです」

「あなたは、殺人事件が発生するたびに、どこへでも駆けつけるんですか」

「どこへでもなんて。……大井川流域では、東京の若松和重さんが変死し、名古屋の的場啓介さんが殺された。私には二人の死亡が関連しているように見える。……この橋の下で死んでいたのは、だれなんですか」

　茶屋は西島の顔をにらみ返した。

「まだ名前は分かっていません。分かっているのは外国人の男性だということだけです。どこかで殺されて、この橋の上から棄《す》てられたのかもしれない。茶屋さんは、ホトケを見ますか。見ればどこのだれなのか分かりそうですか」

　男の遺体は現在、島田署に安置されているという。

　茶屋は首を横に振って、土手を下りた。サヨコは足を滑らせて草の上へ尻餅《しりもち》をついた。

西島は凍ったような目をしてサヨコを見ていた。

七章　蛇行《だこう》の正体

1

大井川に架《か》かる蓬莱橋下の石河原で発見された外国人男性の氏名が判明した、と朝の新聞に出ていた。石河原のところどころに生い茂っている雑草のなかから、名刺が一枚見つかった。その名刺には［株式会社キリコ　アンジェイ・スイキャット］と刷ってあった。

島田署はそのキリコへ連絡し、遺体確認を依頼した。キリコからは社員が二人、島田署を訪ねて遺体と対面した。遺体はスイキャットにまちがいない、と二人はいったが、スイキャットは本年七月下旬から無断で出社しておらず、それまで住んでいたところから引っ越し、その行き先は不明。その後、本人からはなんの連絡もない、と社員は同署の事情聴取に答えた。

スイキャットとみられる遺体は、腹部の二か所をナイフによって刺されていた。が、蓬莱橋下の石河原には微量の血痕《けっこん》が認められるだけ。したがって彼はべつの場所で刺し殺され、車で遺体を運んで、橋の上から河原へ放り込まれた可能性が考えられた。

島田署へ赴《おもむ》いた社員は、会社でスイキャットが使っていたノートと写真を持参した。ノートから指紋を採取し、本人と照合した。

いままでスイキャットがどこに住んでいたのかは不明だったが、遺体の氏名が判明したという新聞記事を読んだ静岡市の人が、『うちが所有しているマンションに住んでいる女性のところへきている外国人ではないか』と島田署へ連絡してきた。

そのマンションは静岡市葵《あおい》区の安倍川《あべかわ》のすぐ近くで、家主と契約している居住者は丸《まる》茂《も》直美《なおみ》といって二十六歳。デパートへ派遣されている化粧品の販売員。彼女は、『スイキャットとは昨年知り合い、今年七月から一緒に暮らしていた』と警察の事情聴取に答えた。

係官は、スイキャットの生活のもようを彼女に詳しくきいた。

『彼は週のうち二日はわたしのところへ帰ってきませんでした。なにをしていたかをわたしは何度もききました。すると彼は、音楽の演奏会のプロデュースというだけでした。……彼は黒い革の鞄《かばん》を持っていて、それには鍵をかけていました。大事なものを入れていたのでしょうが、なかのものを見たことはありません。……カレーと焼き肉が大好きで、お店へ食べに行ったこともあったし、うちでつくって食べていました。彼は四十歳だといっていましたけど、それを証明するものを見たことはありません。アメリカ南部のサウスカロライナ州のオレンジバーグが出身地で、両親は花の栽培をしているときいたことがありました。……大学を出て、サンフランシスコの貿易会社に勤め、結婚したこともあったが、三年と続かず、離婚したときいたこともありました。……わたしのところへ帰ってこない日は、どこに泊まっているのかをききましたら、遠方のホテルといっただけでしたし、仕事の内容については、一切話してくれませんでした』と、丸茂直美は答えたという。

茶屋は直美の行動を監視することにした。彼女は警察の取調官に、一緒に住んでいたスイキャットのことを話しているが、それはすべてではないような気がした。つまり隠していることがありそうと見たのである。

彼女は、静岡市中心街のデパートの化粧品売り場で、販売員をしている。

スイキャットが遺体で見つかってから十日がすぎた。茶屋はサヨコを連れて直美が勤めているデパートの裏口を張り込んだ。それまでにデパート内で、彼女の顔と姿を頭に焼き付けていた。デパート一階の化粧品売り場の閉店は午後八時。

「どんな女性か興味がある」

サヨコは茶屋と一緒に車のフロントウィンドウから前方をにらんでいる。

「売り場では眉《まゆ》と目を強調させるような化粧をしているけど、素顔は地味だと思う」

「そんなことが、分かるのか」

「私には分かるんだ」

「なるほどね」

サヨコは手に顎《あご》をのせた。

午後八時四十分。おしゃべりをしながら出てきた二人連れの後から直美が出てきた。彼女はベージュのジャケットに黒いパンツ姿。身長は一六〇センチぐらい。黒いバッグを肩に掛けてデパートの建物に沿って右へ歩き、走ってきたタクシーをとめた。

茶屋がハンドルをにぎって、直美の乗ったタクシーを追いかけた。十二、三分走ったところで彼女は降りた。清水区の西端の住宅街だ。彼女は二、三十メートル歩いて、薄暗い道路から窓に点々と灯《あか》りが点《つ》いているマンションを仰《あお》いだ。

「先生がいったとおり、地味な感じの人ね」

サヨコがいった。

直美はいったんマンションの玄関へ入ったがすぐに出てくると、また上を向いた。マンションへ帰ってくる人を待っているようにもみえた。

茶屋は、「ルリヨン」というマンションの所在地をメモした。

ほぼ一時間経《た》つと直美は歩き出した。広い道路に出たところでタクシーに乗った。安倍川に近い自宅マンションへ帰った。

「彼女はああして、毎晩、あのマンションを見にいってるんじゃないかしら」

サヨコは、腹がへったといって、腹をさすりながら直美の印象をいった。

茶屋も同じ想像をしていた。

車をホテルの駐車場に入れると、遅い時間までやっている店をさがした。

冷たいビールがはらわたにしみた。

「丸茂直美っていう人。あのマンションの前に立って、どういう人を待っているのかしら」

サヨコは、板ワサをつまんだ。

「殺されたスイキャットに関係のある人じゃないかと思う」

「事件の関係者ってこと……」

「その可能性も考えられる」

「彼女が、マンションのどの窓を見ていたかが分かれば……」
サヨコと茶屋は、サンマを焼いてもらうことにした。
「ジュベールという人のほうは、どこへいったのかしら」
スイキャットと同じころに東京・高輪のマンションから消えたフローラン・ジュベール。彼は主にダイヤモンドを扱う貴金属商だった。

茶屋は法務局で、桐羽葉山株式会社の登記簿を閲覧《えつらん》した。代表取締役は桐羽葉子で、その人の住所は東京都品川《しながわ》区大崎《おおさき》。所有車の登録住所とちがうのは、なにかの都合で住民登録をいったん移したことがあったからにちがいない。取締役には片山津三郎の名が載っていた。

大崎の桐羽葉子の住所を見にいった。そこは目黒川《めぐろがわ》と山手線にはさまれている一角だった。「桐羽」の表札の出ている家はすぐに分かった。白と灰色と黒の石を積み重ねた塀のなかの建物は倉庫のようなコンクリート造りだ。二階には銃眼のような小さな窓がいくつもあいている。

住所を確認したところで、公簿閲覧などを依頼している藤本《ふじもと》弁護士事務所に電話した。桐羽葉子の家族を知りたかったからだ。

茶屋は、人の職業や暮らし向きに関心がある。新しく人に会うと、その人の身辺事情を知りたくなる。その性癖《せいへき》も役立って、週刊誌などから重宝《ちょうほう》がられているのだ。

彼は、頑丈《がんじょう》だが冷たい色をした桐羽家をそっと撮影して事務所にもどった。

サヨコは、静岡市のデパートの化粧品売り場で接客販売をしている丸茂直美を尾行したことと、直美がタクシーで向かった先で、夜のマンションを見上げているくだりを、パソコンに打ち込んでいた。

茶屋は椅子にすわると目を瞑《つむ》った。

「なんだか、疲れてるみたい」

ハルマキが、サヨコに話し掛けた。

「また、足が痛くなって、入院するような……。今度は足じゃなく、顔とか、胸とか……」

「あの病気はあまり再発しないらしいよ」

二人はささやくように話し合っている。

藤本弁護士事務所の女性事務員が電話をよこした。

「桐羽葉子の住民登録の内容を報告します。……葉子は四十四歳。夫の正志《まさし》は三年前に死亡しています。長女杏《あん》・十九歳と、次女苗《なえ》・十七歳が同居で、もう一人、葉子の母千鶴《ちづる》が一緒に住んでいることになっています。本籍地は住所に同じです。……うちの先生と親しい方のお宅が桐羽家のすぐ近くですので、詳しいことはそちらでおききになっては、と先生はいっています。そこは前田《まえだ》さんというお宅です」

茶屋は、前田という家を訪ねることにした。

その家は桐羽家のななめ前だった。緑の植木が玄関をはさんでいた。インターホンのボタンを押すと、犬の声が応えた。屋内で飼っているらしい。

前田家の五十歳見当の主婦が羽毛をかぶっているような毛足のふわふわした小型犬を抱いて、門の戸を開けた。白い犬の目は、毛のなかに埋まっている。犬種を思い出せなかったので茶屋は主婦にきいた。

「ビション・フリーゼ。フランス生まれで、名前はシローです」

茶屋は、藤本弁護士と親しくしているといい、ななめ向かいの桐羽家のことを知りたいといった。主婦は、「どうぞ」といって、玄関へ茶屋を招いた。

「桐羽さんは、三年ほど前にご主人が病気で亡くなりまして、いまは女所帯《じょたい》のはずです」

「亡くなったご主人は、なにをしていた方ですか」

「会社名は忘れましたけど、大きい会社の役員でした。海外出張から帰ると、寝込んでいたそうです。桐羽家へ養子に入った方なんです。ひょろっとした背の高い方で、道で会ったりすると丁寧に頭を下げました。葉子さんの七、八歳上だったそうです」

「葉子さんは会社を経営しているようですが、ご存じですか」

「車を運転して出掛けるのをよく見ますので、なにかお仕事をなさっているのだろうと思っています」

「どんな車に乗っていますか」

「グレーの、わりに大きい車です」

「それは、富士山ナンバーではありませんか」

「さあ。車のナンバーなんか気にして見たことはありません。富士山なんていうナンバーがあるんですか」

「山梨県と静岡県にわたってあります」

「富士山ナンバーだなんて、しゃれてていいですね。どうやったら、つけてもらえるんですか」

「富士山ナンバーを発行している地域へ住民登録をすれば」

「住んでもいないのに、住民登録を移すなんて……。桐羽さんの車は、富士山ナンバーなんですか」

「そうではないかと思います。桐羽葉子さんは一時、静岡県富士宮市へ住民登録を移したことがあったようです」

「立派なお邸《やしき》があるのに、なぜでしょうか」

「いずれは移住するつもりだったのでは」

主婦は、なぜだろうというふうに首をかしげた。

茶屋は、葉子の人柄をきいた。

「ご近所付き合いをまったくしない方です。名門といわれる私立学校へ通って、そこの大学を卒業したとか。一度、町会の役員の方が葉子さんに会って、役員になって欲しいとお願いしたら、彼女は、町会の役に立つようなことはできないのでといって、断わったということです。道で会えば、ちょこんと頭を下げますけど、わたしは話をしたことがありません。二人の娘さんも葉子さんと同じで、ちょっと冷たい感じがします。二人とも学生です」

「千鶴さんは、どういう方でしょうか」

「めったに外に出ないのか、年に一度ぐらいしか姿を見ません。七十歳ぐらいだろうと思いますが、おからだの具合がよくないのではないでしょうか」

要塞《ようさい》のような頑丈な造りの家だが、葉子の代に改築でもしたのか、と茶屋がきいた。

「船会社を経営なさっていた葉子さんのお父さんが、木造の家を造りかえたんです。他人の出入りを拒《こば》んでいるように見えるお宅です」

「訪ねてくる人は少ないお宅ですか」

「少ないような気がします。あ、思い出しました。去年の真夏の夜ですが、桐羽家の庭に灯りが点いて、そこでパーティーをやっているようでした。外国人が何人かきているようで、そのときはとてもにぎやかでした」

縫いぐるみのような白い犬は小さな声で鳴いて、主婦の足元にからみついた。主婦と茶屋の長話を妬《ねた》んだようだ。

2

茶屋が品川区大崎の桐羽家のようすを近所できいた五日後、アンジェイ・スイキャット殺害事件捜査に進展があったことが新聞に出ていた。

すぐに警視庁の今川管理官に連絡をとり、茶屋は詳しい情報を得ることができた。

――スイキャットは、静岡市葵区のマンションに住んでいる丸茂直美と恋仲になり、彼女の住所へ入り込んで暮らしていた。その彼が何者かに刃物で刺されて、大井川の河原へ遺棄《いき》された。

その事件後、何日かしてから、直美は勤務が終わったあと、清水区のルリヨンというマンションの前へいって、そこの窓を見上げていることを、捜査員は知った。彼女の夜間の行動にはスイキャットの事件に関係があるとみた捜査本部は、直美を呼んで、なんの目的でルリヨンを見にいっているのかを尋ねた。

すると彼女は、『あのマンションにはスイキャットの友人のフローラン・ジュベールが住んでいます。スイキャットが死亡したのにジュベールは、わたしになにもいわないし、住まいであるマンションにも帰ってこないようなのです。それでわたしは、彼がスイキャットの事件になんらかのかたちでかかわっているのではと、疑っているところです』と答えた。

それをきいた捜査本部はルリヨンを張り込んで、ジュベールの帰宅を待った。

ジュベールは昼間、ルリヨンへ出入りして、夜はべつの場所に泊まっているという変則的な行動をキャッチし、昼間、ルリヨンを張り込んでジュベールをつかまえた。

取調官は、スイキャットの事件への関与を追及した。話がスイキャットに触れると表情が変わるのを見抜いたからだ。

取調官の狙いは的中していた。ジュベールは、スイキャット殺害を自供した。

ジュベールは焼津市内でスイキャットと落ち合い、暗がりを歩いているところを、隠し持っていたナイフで腹部を二度刺して倒した。スイキャットは十分以上、ヒクヒク動いていたが、空気の抜けた風船のように地面へ両手両足を広げて動かなくなった。ジュベールはその彼を自分の車に引きずり込んで、蓬莱橋まで運び、車から引きずり出して、橋の上から河原へ突き落とした。突き落とす前に着衣のポケットをさぐって、パスポートや運転免許証を抜き取った。そのとき、名刺が一枚手から落ちた。遠い所へ風に運ばれていったのだろうと想像した。

そのあと公園へ寄り、水道を見つけた。小さなバケツを見つけ、それに何度も水を汲《く》んで車内を洗った——

スイキャット殺害を認めさせた取調官は、殺害動機の追及に移った。

「あんたとスイキャットは仲よしだったらしいが、なぜだ……」

ジュベールは唇《くちびる》を噛《か》んで顔を伏せた。

「あんたとスイキャットは、今年の七月ごろ、それまで住んでいたところを引き払って転居した。あんたは静岡市清水区のマンションへ、スイキャットは葵区の丸茂直美さんのところへと移ったが、それはどうしてか」

「二人で商売をやって、おたがいに金儲《もう》けをしたところで祖国へ帰ろうと考えたんです」

「商売とはどんな商売なんだ」

取調官は、ジュベールの顔を穴が開くほどにらんだが、彼は俯《うつむ》いて、答えなかった。だれかをかばっているようにもみえた。

捜査官はジュベールの車のなかを検《しら》べていた。すると運転席の下から漆《うるし》塗りの木箱を見つけた。そのなかに入っていたのは二センチ立方ぐらいの透明のプラスチックの小箱。それが五つ。小箱にはＡＩＰＣａｒｏｌの刻印があり、そのなかには白いカプセルが納まっていた。

「錠剤のようだが、いやに厳重だな」

捜査員たちは宝石の入れ物のような白いカプセルを見つめた。

漆塗りの箱は取調官の手に移された。五人の取調官は箱から取り出した錠剤をにらんで首をひねった。

「これはクスリなのか」

ジュベールにきいた。

「クスリです」

「どういうクスリなんだ」

「男性によく効《き》くクスリです」

「ＡＩＰＣａｒｏｌ……」

一人が叫ぶようにいうと、警視庁へ連絡した。最近出まわっている危険薬物について調べている部署に電話がまわされた。

「それはＡＩＰＣａｒｏｌでしょう。それを持っていた者を捕らえた」

電話を受けた管理官は声を張り上げた。

ＡＩＰＣａｒｏｌは違法薬物だ。どこから手に入れたのかをジュベールにきいた。

彼は一時間ほどなにも答えなかったが、取調官の追及に負けて、ある会社から仕入れて、売っていたのだと白状した。

「違法薬物だというのを承知でか」

「知っていました。しかし、儲かるので」

「儲かる。いくらで売っていたんだ」

「五十万円です」

「五十万……。高いじゃないか」

「それだけの効果があるからです」

「ＡＩＰＣａｒｏｌを服《の》んだために死亡した男性が何人もいる。それを知っていたか」

「知っていました」

「これを買いたいという人には、危険だとか、死亡した人がいることを説明したか」

「死ぬといったら、買う人はいないでしょう」

彼は両手で顔をこすった。

ふたたび仕入先をきいた。ジュベールは頭を搔《か》いたり顔をこすったりしていた。それだけはいえないといっているようだった。

「ＡＩＰＣａｒｏｌを自分で製造しているのでなければ仕入先があるはずだ。ところがそこだけは口が裂けてもいえないということらしい。いえないのなら答えなくてもいい。こっちで調べる。……警察を甘くみるなよ」

静岡県警は警視庁と連繋して、ＡＩＰＣａｒｏｌの輸入元、あるいは製造元を調べることにした。

警視庁で当該《とうがい》事件を担当している今川管理官は静岡県警の特別捜査本部に電話を入れた。

――東京・渋谷に茶屋次郎という四十代の男がいる。彼は作家だが、くる日もくる日も机に向かっているわけではなく、各地の山や川へ出掛け、その地方の風物やら住人の営みなどを紀行記として発表している。

訪ねた土地で事件が起きると、それに頭を突っ込んで事件の内容を調べると同時に、未解決事件ならば犯人さがしをする。地元の警察は彼を邪魔者扱いするが、彼はひるまず事件の本質を調べ、そこへ深くもぐり込んで事件を解決へ導いたこともあった。

今回のＡＩＰＣａｒｏｌ関連の事件でも、茶屋は死亡した被害者の家族に会い、被害者の死亡時、死亡現場にいた女性にも会っている。彼のその行動の目的は、違法薬物であるＡＩＰＣａｒｏｌを被害男性に売っていた人物の特定。

その調査中に彼は、大井川鐵道の田野口駅近くの桐羽葉山株式会社という会社の内容に疑惑の目を向けた。名古屋の探偵社の調査員だった的場啓介が、同社を訪ねたあと、大井川で殺害されたのを知ったからだ。

桐羽葉山は約五年前に設立されて、茶葉を原料にした健康食品の製造を始めた。代表者は女性で桐羽葉子。住所は東京の品川区。

東京・新宿区にキリコという音楽公演のプロデュースの会社がある。そこには社員のアンジェイ・スイキャットという男が勤務していた。が、その男はたびたび大井川鐵道を利用していたことが交通費の請求内容で分かった。スイキャットは桐羽葉山を訪ねていたのではないか、との疑惑が浮上した。

もう一人、灰色に包まれた女性が浮上した。静岡市清水区に住んでいる八木弘子。彼女は五代目の清水の次郎長を名乗っていた男の愛人だった。十八か十九歳のころ、次郎長から一軒家を与えられていた美形だ。次郎長没後、彼女は独り暮らしをしていたが、最近は実父を引き取って面倒を見ている。

その彼女が、黒い車を運転して桐羽葉山を訪問した。その理由を親しい人に、同社製造のサプリメントの葉山黄金丸を一箱買いにいったと話した。その行為を耳に入れた茶屋は、八木弘子をも疑うようになっていた――

この情報を得た静岡県警の捜査員は、桐羽葉山へ乗り込んだ。

突然やってきた五人が警察官だと知った同社の五十歳がらみの社員は、あわててテーブルの上の物を隠すように片付けた。そのとき捜査員は小さな段ボール箱に印刷されていた文字を目に焼き付けた。「富士宮《ふじのみや》樹脂《じゅし》」というその文字は赤い色をしていた。捜査員の一人はすぐに本部に電話で富士宮樹脂の所在地と、桐羽葉山と取引があるか、あればどういう製品を納入しているのかの確認を指示した。

五十がらみの社員は片山津三郎で、妻と会社の隣接地に居住して、実務に就いていると捜査員の質問に答えた。そのほかに従業員は六人いるという。

なにを製造しているのかを関西訛のある片山津に尋ねた。

「葉山黄金丸という健康増進に役立つサプリメントをつくっております」

と答えたところへ、グレーの乗用車が入ってきて、四十代の顔の色艶のいい女性が降りた。社長の桐羽葉子だった。

彼女は、片山津と向かい合っている男たちが警察官だと知ると、眉間《みけん》を険《けわ》しくして、

「なんですの。なにがあったの」

と、男たちに敵意のこもった目を向けた。

片山津が、彼女を社長だと捜査主任に紹介した。

「桐羽さんはいいところへきてくれた。あなたにききたいことが山ほどある」

捜査主任は、葉子の顔をにらみ返した。

葉子は、工場の隣の応接セットへ主任を招いた。

「なんとなく物々しいけど、ご用はなんですの」

言葉はいくぶん居丈高だが、目には怯《おび》えが浮かんでいた。

「片山津さんはさっき、赤い文字の箱を隠したが、箱の中身はなんですか」

主任は突き刺すようないいかたをした。

「空き箱です。邪魔になるのでどかしただけです」

「空き箱でいいから、見せてください」

片山津は手を震わせて赤い文字の箱を見せた。箱を振ると固いものが触れ合う音がしたので、主任は蓋を開けた。二センチ立方ほどの透明のプラスチックケースが五つ入ってい

た。主任は白い手袋をはめると、ケースの一つをつまみ出した。一か所に「ＡＩＰ」の小さな刻印が認められた。

本部から主任に電話が入った。

「桐羽葉山の依頼で当社が製造しているのは、透明なプラスチックの約二センチ立方の容器です。一か所にＡＩＰの刻印を入れています。用途は知りません」

富士宮樹脂の社長からの回答で、その小さな容器は二年前から納めているということだった。

3

桐羽葉子は五年あまり前、アメリカ旅行をしたさい、現地の人からよく効く強壮剤の話をきいた。五日間、水さえ飲んでいれば、激しい運動や労働にも耐えられるクスリがある。強風のマッキンリーへ登った登山家がその効力を認めたということだった。

それはＡＩＰＣａｒｏｌという名称だが、町の商店でもサプリ専門店でも扱っていない。インディアナポリスの小さな工場がそれを製造し、数名のセールスマンによって口コミで販売しているものと分かったが、葉子はそれを一錠手に入れた。

帰国すると薬品会社に勤めている人に、ＡＩＰＣａｒｏｌの成分の分析を依頼した。『日本でつくることが可能か』ときいたところ、つくれないことはない。だが、大がかりになると情報が外部へ漏れる。危険物質がふくまれているので、市場に出ると違法薬物とされて、製造販売を禁止される。ＡＩＰＣａｒｏｌの主要成分であるＧＵＥＲと呼ばれている物質は、北朝鮮でつくられている。これを入手して他の化学薬品に混合し、体裁《ていさい》のいい錠剤をつくれば売れることはまちがいない。しかし当局の目に触れると「違法」ということで、販売は禁止される。口コミで高値をつけて売るしかないが、実現すれば大儲けできるだろうというアドバイスがあった。

北朝鮮からＧＵＥＲをどうやって仕入れるかを、親しくしていた片山津に相談した。彼は何年間か、富山の製薬会社の研究所に勤めていて薬品製法に通じていた。

片山津はひとつの手段を思い付いた。静岡県の茶の産地に小規模の工場を建てて、そこで健康食品のサプリメントを製造する。それは表向きの商売で、裏側ではＡＩＰＣａｒｏｌを製造する。『五日間、水さえ飲んでいれば……』の主要な成分のＧＵＥＲは、北朝鮮から医薬品名目で長崎県の対馬《つしま》へ運ばせる。それを受け取りにいくには、民間の飛行機を使うのが最良の手段だろう。運んできたＧＵＥＲの体裁をととのえた錠剤をつくり、透明の容器に収めて売る。

『よし、やってみましょう』桐羽葉子は決断し、工場建設を片山津に一任した。

片山津は、静岡県の茶どころ川根本町に土地を借りて工場を建て、サプリメント製造設備をととのえ、完成すると従業員を募《つの》った。

片山津は、小型航空機の免許を持つ人を探した。弁当会社・美殿家に勤務している若松和重とは、飛行場で知り合ったという。若松は飛行機操縦の免許を持っていて、友人が所有している小型機に乗るのを趣味のひとつにしている男だった。

片山津は若松に、『対馬空港へ飛んで、あずけてある先から小さな荷物を受け取ってきて』と頼んだ。若松は休日に調布飛行場を飛び立って対馬へ向かった。それを三度繰り返した。

川根本町の桐羽葉山では健康食品の葉山黄金丸の製造が本格化していた。健康増進になんの効果もないサプリだが、暑さにも寒さにも負けないし、運動や仕事にも疲れない、と宣伝した。

一方、ジャパンメイドのＡＩＰＣａｒｏｌの商品化が完成した。葉子は家に出入りしていた貴金属商のフローラン・ジュベールに、『売ってみないか』と持ちかけた。内容をきいたジュベールは、『売れそうな気がする』と、瞳を輝かせた。売り値を話し合った。『びっくりするほど高いほうがいい』といったのはジュベールだった。

売り値は五十万円にした。ジュベールには十五万円で卸《おろ》す。

半月ほど経つとジュベールは桐羽葉山へやってきて、『二つ売れました』といって三十万円を支払った。一個五十万円で売ったということだった。

ジュベールは、来日してから知り合ったアンジェイ・スイキャットに、ジャパンメイドのAIPCarolを売ることをすすめた。スイキャットは、一個売れれば三十五万円を手にすることができるのか、と小躍《こおど》りした。

若松は、対馬へ飛んだ。荷物は北朝鮮から船で運ばれてきて、漁師の家へあずけられていた。小さな荷物を受け取って調布へもどってくる行いに、疑いを抱いた。彼は、対馬で受け取ってくる荷物の中身はなにかを、片山津にきいた。片山津は、『医薬品の原料』と答え、AIPCarolを一個、若松に与え、五十万円で売れる商品であることと、効能を話した。

若松は独自にAIPCarolについて調べ、それが劇薬だと確信し、片山津にAIPCarolを売るのは違法ではないかと攻撃するようないいかたをした。すると片山津は、死亡した人は持病などがあったにちがいないとし、まちがった服みかたをしたのだと、若松のいうことを一蹴《いっしゅう》した。だが、片山津は、若松を危険な人物とみるようになった。他人の飛行機を操縦したりして、遊び癖がついているようだが、一方では正義感を抱いているような男だった。

片山津は東京で若松に会い、食事をともにした。

酒を飲んだ若松は山好きで、年に何回か登山をしていると話しはじめた。片山津は若松にいままで登った山でどの山が一番好きかなどをきき、登山中の思いがけない出来事をも話させた。

若松は秋の登山を計画していた。恋人と二人で大井川を遡って聖岳へ登る。何年か前は聖岳を信州伊那谷から眺めたが、いつかは登りたいと思っていた山だと、ビールに酔って赤い顔をして語った。聖岳へはいつ登るのかときくと、その日程を若松は話し、車で大井川沿いを遡るが、入山の前の日は寸又峡温泉へ泊まる計画だと語った。

『寸又峡温泉か。私は川根本町に住んでいるのだから、寸又峡の温泉には一度は浸《つ》かりたい』

片山津は若松に調子を合わせた。

片山津は、フローラン・ジュベールとアンジェイ・スイキャットを呼び寄せた。

二人は、自分たちが売った薬物で犠牲者が出たことを知り、姿をくらませていた。

若松和重は危険な男だと低声《こごえ》で話した。若松をこのまま放っておくと彼はＡＩＰＣａｒｏｌの正体の分析でもやって、『違法薬物だから、売るのをやめるように』というかもしれないし、ＡＩＰＣａｒｏｌを服用したために死亡した人がいるのを、通報しそうだ。いまのうちに手を打たないと……と話して、二人の外国人の顔色をうかがった。

『たしかに危険な男だ』

二人はいった。

『邪魔な人間だ』

片山津は、若松が恋人と聖岳へ登る日程をジュベールとスイキャットに伝えた。二人はうなずき合った。

二人は、若松と恋人の山行を尾行し、山中で若松が恋人と間隔をあけたところを狙って、飛びかかり、首を絞めて殺した。遺体は、断崖へ引きずって突き落とした。二人は、そっとその場をはなれた。


真夏の炎天下、三十代半ばの陽焼け顔の男が桐羽葉山へやってきて、片山津に会った。

『七月の初め、東京の宇都宮正章という貴金属商の男性が、寸又峡温泉のホテルに滞在中に、発作を起こして、同伴女性がいる前で死亡しました。服用したものが危険薬物だったからです。……こちらの会社では健康増進に役立つとうたって、サプリメントを製造しているが、それとはべつに、白いカプセルの薬剤をつくっていることを、あるところからの情報でつかみました。宇都宮という人は、こちらが製造した薬剤を服んだ可能性がありま す。それはどのような成分の薬剤なのかを知りたいのです』

といった。その男は名古屋市内の探偵事務所の調査員だった。彼は、桐羽葉山が隠れたところで、危険薬剤をつくっているのを確信しているといった喋《しゃべ》りかたをした。

片山津は、そんなものは製造していない。あなたはべつの会社と勘ちがいしているらしい、といって追い返した。

その日はたまたまスイキャットが来社していたので、片山津は、『いま訪ねてきた陽に焼けた男は、わが社のＡＩＰＣａｒｏｌについてどこからか情報をつかんできたらしい。危険人物だ。放っておけない』といった。スイキャットは、片山津の顔に強くうなずいた。

次の日、大井川に架かる赤い鉄橋を渡るＳＬ列車が眺められる河原で、男が腹から血を流して死んでいるのが、観光客に発見された。死者は名古屋市の的場啓介であった。

桐羽葉山へまたも思いがけない人がやってきた。四十歳ぐらいで、ととのった顔だちをしており、細身で、趣味のよさそうな服装をした女性。彼女は単独であらわれて、『わたしにＡＩＰＣａｒｏｌを売らせてください』といって片山津をびっくりさせた。女性は清水の八木弘子だと名乗った。

彼は、『当社のことをだれにきいてきたのか』ときいた。

彼女は首を横に振って答えなかった。

片山津は首をひねった。桐羽葉山が葉山黄金丸とはべつに、ジャパンメイドのＡＩＰＣａｒｏｌを製造しているのを知っている者はかぎられている。社内で知っているのは社長の葉子と、片山津と、彼の妻と、もう一人の男性社員だけのはずだ。片山津がそう思っているだけで、じつは社員全員が知っているのかもしれないと疑いを抱くようになった。

何日か経つと、また八木弘子が黒い車を運転してやってきた。前回と同じことをいって、ＡＩＰＣａｒｏｌを買ってくれそうな男性を何人か知っているので、ぜひ卸してくださいといった。片山津は、『ＡＩＰＣａｒｏｌの出所は秘密にしてください』といって、彼女に十個預けた。

4

菊花の香る十月なのに真冬のような冷たい風の吹く夜、ジュベールが蒼《あお》い顔をして片山津の住まいへやってきた。彼の顔つきを見た片山津は、ただごとではないと気付いたが、部屋へ通した。

するとジュベールは片山津が仰天するようなことを口走った。

「スイキャットを殺してしまった」

と、震えながらいった。

ジュベールとスイキャットは、人影のない暗い道を歩いていた。スイキャットは立ちどまると、もうこんなことはやめたいといった。ジュベールは、『急にどうしたのだ』ときいた。

『ＡＩＰＣａｒｏｌを服用した人が、何人も死んでいる。自らも手を汚してしまった。もう良心の呵責《かしやく》に耐えられない』

といった。

ある程度、まとまった金を稼いで、祖国へ帰るといったじゃないか、とジュベールはスイキャットの肩を叩《たた》いた。だがスイキャットは、『嫌だ、嫌だ。命を奪われた人の亡霊に追い回され、夜も眠れない』といって首を振り肩を震わせた。

ジュベールは、『考え直せ。良心など棄てろ』といった。するとスイキャットは気狂いでもしたようにジュベールにつかみかかった。首に手を掛けた。ジュベールは反射的に、隠し持っていたナイフを抜いた。

「スイキャットは死んだというが、どこへ隠してきたんだ」

片山津がきくと、草むらのなかへ寝かせてきた、といった。そこはジュベールが住んでいるマンションの近くだという。

片山津は、スイキャットの遺体をもっと遠いところへ棄てろ、と指示した。ジュベールは、ふらつくような足取りで桐羽葉山の庭へとめた車へと歩いた――

社長の桐羽葉子は、片山津三郎からジュベールの犯行をきいた。

「潮時《しおどき》だね」

葉子は腕組みして天井を仰いだ。

彼女は六年ほど前、京都で片山津と知り合った。彼を知ると彼女はたびたび京都へいき、彼の案内で寺院をめぐり歩いた。

二人は恋仲になっていたが、片山津は妻と別れなかった。葉子の夫は三年前に病気で死亡した。

葉子と片山津は話し合って、富士宮市半野に一軒家を買った。月のうち一、二度、そこへ二人でいって、一昼夜をすごしている。

葉子の発案で事業を興《おこ》したが、それは反社会的な事業だった。犯罪とは縁遠いことと捉えていたが、いつの間にか犯罪の坩堝《るつぼ》のなかにいることを悟った。

静岡県警察本部の取調室で連日、事情聴取を受けることになった。取調官からきかれたことに答えているが、目の裡《うち》に見え隠れしているのは、二人の娘と日に日に老《ふ》けていく母親の姿のようだ。

夜更《よふ》けの取調室。桐羽葉子に事情をきいている取調官に一枚のメモが配られた。――日本平のホテルに滞在中のカップルの六十代の男性が、突然苦しみはじめ、五、六分後に息を引き取った。その人の住所は静岡市清水区だった。

著者注・この作品はフィクションであり、登場する人物および団体は、すべて実在するものといっさい関係ありません。

（この作品『大井川殺人事件』は、令和二年十一月、小社ノン・ノベルから新書判で刊行されたものです。なお、本文中の地名なども当時のままとしてあります）

大井川殺人事件

一〇〇字書評

切・り・取・り・線

購買動機（新聞、雑誌名を記入するか、あるいは○をつけてください）	
□（　　　　　　　　　　　）の広告を見て	
□（　　　　　　　　　　　）の書評を見て	
□ 知人のすすめで	□ タイトルに惹かれて
□ カバーが良かったから	□ 内容が面白そうだから
□ 好きな作家だから	□ 好きな分野の本だから

・最近、最も感銘を受けた作品名をお書き下さい

・あなたのお好きな作家名をお書き下さい

・その他、ご要望がありましたらお書き下さい

住所	〒				
氏名		職業		年齢	
Eメール	※携帯には配信できません	新刊情報等のメール配信を 希望する・しない			

この本の感想を、編集部までお寄せいただけたらありがたく存じます。今後の企画の参考にさせていただきます。Eメールでも結構です。

いただいた「一〇〇字書評」は、新聞・雑誌等に紹介させていただくことがあります。その場合はお礼として特製図書カードを差し上げます。

前ページの原稿用紙に書評をお書きの上、切り取り、左記までお送り下さい。宛先の住所は不要です。

なお、ご記入いただいたお名前、ご住所等は、書評紹介の事前了解、謝礼のお届けのためだけに利用し、そのほかの目的のために利用することはありません。

〒一〇一－八七〇一
祥伝社文庫編集長 清水寿明
電話 〇三（三二六五）二〇八〇

祥伝社ホームページの「ブックレビュー」からも、書き込めます。

www.shodensha.co.jp/bookreview

祥伝社文庫

大井川殺人事件《おおいがわさつじんじけん》

令和5年8月20日　初版第1刷発行

著者　梓《あずさ》　林太郎《りんたろう》

発行者　辻　浩明

発行所　祥伝社《しょうでんしゃ》

東京都千代田区神田神保町3-3
〒101-8701
電話　03（3265）2081（販売部）
電話　03（3265）2080（編集部）
電話　03（3265）3622（業務部）
www.shodensha.co.jp

印刷所　錦明印刷
製本所　ナショナル製本
カバーフォーマットデザイン　芥　陽子

Printed in Japan ©2023, Rintarō Azusa　ISBN978-4-396-35002-4 C0193